新潮文庫

私にふさわしいホテル

柚木麻子著

目次

私にふさわしいホテル

第一話　私にふさわしいホテル

1

ホテルのエントランスへと続くゆるやかな坂道に、八月の木漏れ日が差し込み優雅な模様を作っている。蟬《せみ》の声なんていつもは煩《わずら》わしいだけなのに、明治大学の建物を取り巻く木々から聞こえるそれは、サワサワと心地良くさえあった。ウエハースを王冠の形に積み上げたような、アールデコ様式の本館が姿を現すにつれ、私の胸はどんどん高鳴っていく。正面玄関脇《わき》の面格子《めんごうし》を飾る、遠峯健《とうみねけん》氏による「山の上ホテル」の涼やかなフォントを見つめ、心の中で呼びかけた。

ただいま――。私のためのホテル。

山口瞳《やまぐちひとみ》は、ここ山の上ホテルを「小説家のためのホテル」と称したそうだ。神保町の古本屋街や大手出版各社に近く、調べものや打ち合わせの勝手が良いばかりではない。八十足らずの客室だからこそ可能な行き届いたホスピタリティ、物書きに多い美食家をうならせる天ぷらやステーキの美味《おい》しさ、巣ごもり気分になれる丘の上の静謐《せいひつ》な空間。そのすべてが小説家に活力を与えるとともに、創作の孤独をそっと包んでくれるのだ。池波正太郎、石坂洋次郎、井上靖、川端康成、高見順、檀一雄、松本清張、三島由紀夫。このホテルを愛した昭和の文豪を挙げればきりがない。

ドアマンの完璧《かんぺき》なお辞儀に続き、ぱりっとした制服に身を包んだページボーイさんが、

「ようこそいらっしゃいませ。お荷物をお持ち致します」

とトランクと日傘に手を差し出す瞬間、〈私〉は〈いちばん好きな私〉になれる。ふかふかの赤い絨毯《じゅうたん》にバレエシューズを埋《うず》め、案内されるまま、こぢんまりした印象のロビーを進んだ。向かって右手に見える木の扉は「バー　ノンノン」。吉行淳之介《よしゆきじゅんのすけ》のコラム「トワイライト・カフェ」の舞台にもなったこのバーで、カクテル「ザ　ヒルトップ」をナイトキャップにひっかけるのが、今夜の楽しみだ。

低いテーブルを挟んで頭をくっつけ合うように打ち合わせをしているのは、出版関係者だろう。様々なレファランスブックや田辺聖子の全集がぎっしり詰まった本棚、飴色《あめいろ》のライティングデスク、革のソファ、手編みレースのコースター。何から何まで、自分のものにして持ち帰りたくなるほど、私の好みに適《かな》っている。豪華ではないけれど、上品な老婦人が暮らす家の応接間のような温かみと行き届いたお手入れが素晴ら

しい。

「お待ちしておりました。昨年と同じく401号室をご用意しております」

フロントのカウンター越しに、初老の男性が去年と同じ笑顔で応対してくれた。三年連続で同じ部屋、同じ日取りとなれば、記憶に残っているはずだ。私は精一杯物慣れた態度で、差し出されたペンでさらさらとペンネームをサインする。裾《すそ》のふんわりしたエレガントなサマードレスは、彼のために選んだと言っても過言ではない。このいぶし銀のホテルマンに、将来有望な作家だと印象づけたい。そう遠くない日に「彼女はうちのホテルがお気に入りでした」と、ここを訪ねてくる私の熱狂的ファン達に語ってもらうために。ロビーの壁にかかった池波正太郎の水彩画を見て、ああ、今年も帰ってきたんだ、といっそう誇らしくなった。

ページボーイさんを従え、お嬢様気分でエレベーターに乗り込む。四階でドアが左右に開くと、廊下の白い壁に横に一筋、タイルが張り巡らされているのが目に飛び込んできた。それぞれの部屋の入り口まで伸びているタイルを辿《たど》って、南東向きの401号室に行き着く。ページボーイさんが重たそうな鍵《かぎ》を差し込んでドアを開ければ、正面の窓いっぱいに明治大学の瑞々《みずみず》しい緑が広がっていた。冷たいタイル張りの三和土《たたき》でいそいそとバレエシューズを脱ぎ、タオル地のスリッパに履き替える。

「何かございましたら、フロントまでお電話ください。ごゆっくりお過ごしくださいませ」

ベッド脇に荷物を置くと、ページボーイさんはドアを音もなく閉め、私は一人残された。しばらくの間は、まるで水底《みなそこ》のような静けさを、ただじっと味わうことにした。畳の香《か》ぐわしいにおいが心を落ち着け、JR御茶ノ水駅前の喧噪《けんそう》が遠い世界の出来事に思えてくる。ほどよい硬さのベッドに腰をかけ、改めて室内を見回した。和室に置かれたベッドというのは、胸がきゅっとなるほど愛らしい。古風な鏡台、窓辺のデスクに飾られた一輪のバラ、二脚の籐椅子《とういす》に挟まれたテーブル、銀のカトラリーと瑞々しく光るオレンジ、枕元《まくらもと》の「みず」とラベルの貼《は》られた銀色の水差しを見つめ、もう一度、ただいま、とつぶやいて上半身を倒した。池波正太郎がこのホテルを訪れると、ぼんやり「無為の時間」を過ごしていたというのがよくわかる――。もちろん、若い私はのんびりしてなどいられない。このホテルの力を借りて、初の長編小説を書き始めなくては。本腰を入れて、自分の力量と向き合うべき季節《とき》が来たのだ。今度こそ、世間にこの輝く才能を、そう、少女のままの繊細な感性と戦慄《せんりつ》を覚えるほどの鋭い観察眼を見せつけてやる――。天井の木目を見つめるうちに、むくむくとやる気が湧《わ》いてきて、私はえいやっ、と体を起こし、トランクに手を伸ばした。

ドアをノックする音が聞こえたのは、高校卒業以来の付き合いになるＭａｃのノートパソコンをデスクに置いた時だ。きっとルームサービス係さんがお茶とおやつを運んできたのだろう。ここで働く女性の慎《つつ》ましやかな態度には、見る度に心を洗われる。喜び勇んでドアノブを引くと、こちらの胸の高さで抜け目なく輝く黒縁眼鏡に、かろうじて悲鳴を呑《の》み込んだ。

「よお！　今年も自腹で小説家ごっこかよ！」

すぐに閉めようとしたが、私の動きを察した遠藤《えんどう》先輩は、ぴかぴかの黒い革靴をドアの隙間《すきま》に挟み込んできた。

「ごっこじゃないです！　本当に小説家です！」

「まだ本が一冊も出てないな！」

「なんでここがわかったんですか。帰ってくださいよ！　後生ですから！　この二泊三日だけは遠藤先輩の相手するのとかマジで勘弁！」

必死になってドアを閉めようとするが、小柄ならではの敏捷《びんしょう》さで先輩は無理矢理体を押し込み、隙間からぐいぐい侵入し、ついに力ずくで扉をはねのけた。よろけて畳に尻餅《しりもち》をついた私は、ありったけの恨めしさを込めて先輩を見上げる。

「居場所を知られたくなかったら、ツイッターなんてやめることだな」

私は音を出さずに舌打ちする。クラシカルで乙女な場所におもむくとなると、つぶやかずにはいられない性《さが》を心から呪《のろ》った。

「いくら童顔だからって、いい加減その、ロマンティック趣味を卒業しろよ。イタいぞ。お前いくつだよ？　妄想と現実の境目が年々曖昧《あいまい》になってきてるんだろ。お前の頭の中は、出版社に缶詰にされてる有名作家気分なんだろうけどな」

上質なシャツに包んだずんぐりとした体を反《そ》らし、勝ち誇ったようにこちらを見下ろす様《さま》は昔と変わらない。私は唇を噛《か》みしめ、ベッドに摑《つか》まってのろのろと立ち上がった。学生時代なら百倍にしてやり返すところだが、原稿を人質にとられている今は、何を言われようと文句は口にできない。

大学卒業後もアルバイトと自由業の間でふらふらしているようなサークル仲間の中で、遠藤先輩は一番の出世頭だ。大手出版社「文鋭社」に新卒で就職、役員の娘と結婚、娘二人を私立のお嬢様校に入れただけのことはある。そんなソツのない生き方を昔は小莫迦《こばか》にしていたのに、今や頭が上がらない。いっこうに本が出ない焦《あせ》りから、老舗《しにせ》文芸誌『小説ばるす』の編集者である彼に、恥も外聞もなく泣きついてしまったせいだ。作家接待用に美女を調達する代わりに、短編を掲載してもらう取り引きをし、もう一年が経《た》つだろうか。双方約束は守れなかった。よく考えれば、友達の少ない私に人を集められるはずもない。とはいえ、だめもとで提出した原稿を、意外にも先輩はすんなり引き受け、一応面倒を見てくれている。ガミガミ言われながら直しに直し、削りに削り、もはやほとんど原形をとどめていないとはいえ、校閲も済み、挿絵まで付いている。あとは誌面に空きさえ出れば——。ドレスの皺《しわ》を伸ばしながら、私は機嫌をとるように尋ねた。

「あの……。ところで、私の原稿、一体いつ載せてくれるんですかね？」

「何度言えばわかるんだよ。うちは半年先まで台割がキツキツなんだから。誰かの原稿が落ちたら代打で載せることはできるけど、この出版不況のご時世じゃ、偉い先生でもよっぽどのことがない限り落とさないよ」

「はあ、誰でもいいから原稿落とさないかなあ。どうして、売れっ子が五十枚の読み切り短編にまで手を出すんですかねえ。文芸誌の十数ページぐらい新人のためにいつも空けておいてくれればいいのに……」

「あのなあ、そもそも無名作家がうちの雑誌に出られることは滅多にないんだから。掲載にこぎ着けるには、同レベルの作家を三人蹴落《けお》とすのが鉄則って言われてるんだぞ。お前のような話題性も特徴も力もない新人なんて……。何か飲むもんないの？」

先輩は籐椅子にどさりと腰を下ろし、ネクタイをだらしなく緩めている。せっかくの優雅な空間が、蒲田辺りのルノアールに思えてきた。ルームサービスのコーヒーは高価なので、コップに水を注《そそ》いで差し出した。

「水かよ！」

目玉をむき出して咎《とが》められたので、仕方なくオレンジをむいてやることにする。山の上ホテルにいる間だけは、かしずかれる立場でいたいのに。それでも、銀のカトラリーでうやうやしく扱うだけで、ただのフルーツがとびきり可愛《かわい》いご馳走《ちそう》になって、胸がときめいた。甘くさわやかな香りが部屋中に放たれる。

日本の文芸史上、もっともついていない新人。それが私だ。三年前の冬、私はさる文学新人賞に応募し大賞を受賞した。始まって二年の歴史の浅い賞だし、実用書専門の中堅出版社主催とはいえ、夢にまで見た念願のデビューだった。ところが、同時受賞したのが、よりによってかつて人気だったアイドル女優だったのだ。あの地獄のような授賞パーティーの記憶を消せるなら、私はどんなことでもするだろう。アイドル目当てで押し寄せてきたマスコミにとって、横にいる私は虫けら以下の存在だった。カメラマンに突き飛ばされ、形ばかりの質問をするレポーターに、十回以上名前を間違われた。翌日のスポーツ新聞の一面は、ここぞとばかりにめかし込んだアイドルの隣で、実物よりはるかに太めの私が見切れて写っていた。

受賞後たった一ヶ月で、自分の顔写真を表紙に、有名作家の推薦文を帯に使ってデビュー作を刊行したアイドルとは対照的に、今なお私の作品はいっこうに形にしてもらえる気配がない。担当の女性編集者は「いい作品ですから、時機を見て必ず出版しましょう」と繰り返すものの、最近ではなしのつぶてだ。二ヶ月前に送った中編の感想さえもらえていない。

「そもそもさあ、選考委員に作家が一人もいない文学賞に応募するから、こんなことになるんだよ。うちからデビューすりゃ、ここまで悲惨なことにはならなかったのに。まあ、お前にゃ『小説ばるす新人賞』なんて夢のまた夢だろうけど」

いつもと変わらぬ先輩の毒舌が、今日はやけに胸に突き刺さる。

「昼も夜も働き通しのフリーターのくせに、三年連続で山の上に泊まるなんて、身のほど知らずもいいとこだな。あ、なんだっけ。デビュー作をここで書いているから、縁起かついでんだっけ？　マイナーなファミレスで時給も安いだろうに。だいたい、いい年こいて、あんなダサい制服着てよく働けるよな」

どういうわけか、先輩は大岡山のバイト先に時々やってくる。大盛りのイチゴパフェだのチョコパフェだのを平らげ、得意満面で領収書に社名を入れるのだ。

「ダサくないですよ、うちの制服。レトロ可愛いって言ってください。この山の上ホテルのルームサービス係さんの制服にそっくりじゃないですか。そこが気に入って、あのファミレスを選んだくらいなんですよ」

「そうかあ？　色が緑ってところだけじゃねえ？」

先輩と話すうちに、魔法が解けるみたいに、ここに辿り着くまでの美しくない記憶が蘇《よみがえ》ってきた。昨晩十時からついさっきまで店長に叱《しか》られながらぶっ続けで働いたこと、汗くさい大学生達に押しまくられながら中央線快速に揺られてきたこと——。

ドアをノックする音がして、私はこれ幸いと駆け寄っていく。扉を開ければ、まさに私の憧《あこが》れである、古風なメイド服姿のルームサービス係さんが、ババロアと麦茶の載ったお盆を手に微笑《ほほえ》んでいた。ドアをわざと大きく開き、彼女の姿をたっぷり見せながらお盆を受け取ったかいもなく、

「今の子が可愛いせいもあるけど、やっぱりお前んとこの制服とは別物に見えるんですけど」

と先輩はこともなげに言い放った。

「そんなはずないですよ。今日バイト先から来たんで、制服あるんですけど、よかったら」

着てみせましょうか、と言いかけて、すぐに呑み込んだ。彼ごときにそこまでして

やる必要はない。いつの間にか、先輩は勝手にババロアを食べている。

「文豪コスプレしている暇があったら、どんどん書いて文章力上げろよ。お前、エンタメ系のくせに、まどろっこしい表現使うから、さくっと読めない！　あと純文系じゃないんだから、あんまり一人称使うなよ」

「へ？　エンタメ系でも一人称使う作家、大勢いるじゃないですか！」

「腕があれば話は別なの。はい、これ。お前に差し入れ。千疋屋《せんびきや》のフルーツサンド」

先輩がおもむろに鞄《かばん》から取り出した、青地に赤い薔薇《ばら》の散った包装紙を見て、もやもやが一気に吹き飛んだ。

「ありがとうございます！　可愛い！　私、これ大好物なんです。ここの包み紙、ガーリーで大好き！」

「と、いうのは嘘《うそ》。先生、酒も飲むけど、甘いのも好きだから」

「先生？」

遠藤先輩は包みを私から遠ざけて底意地悪そうに笑うと、天井を指さした。つられて私も上を見る。

「501号室のスイートルーム。うちは東十条 宗典《ひがしじゅうじょうむねのり》先生を缶詰にする時は、ここって決めてるんだ。ま、お前への差し入れは後でちゃんと届けてやるよ。俺だってそこまで……」

そんなことはもうどうでもいい。私は身を乗り出し、我を忘れて夢中で話を遮《さえぎ》った。

「東十条宗典！　この上に今、居るんですか？」

「そうだよ。可愛い奥さんと娘の顔も見られないほど忙しい俺が、お前なんかのためにわざわざ差し入れ持ってくるわけないだろ。先生のご機嫌伺いのついでに、からかいに来ただけだ。調子乗んな、タコ」

先輩の嘲笑《ちょうしょう》など耳に入らない。頭の中は、直林賞受賞者であるベテラン作家、東十条宗典でいっぱいだ。六十代の彼はこれまで何度もベストセラーを出し、作品は数え切れないほど映像化されている。中高年男女の孤独や恋愛を描かせれば右に出る者はないと言われ、団塊世代に根強い人気を誇っている。俳優のようなロマンスグレーで、文壇最後のドンファンとして有名だ。ワイドショーのコメンテイターとしても人気を博し、生き方指南本もヒットさせている。その彼が今、私の上に居る——。

「たった一枚の床に隔《へだ》てられた二つの人生。片や頂点、片や底辺。スライスして持ち帰って、我が家の居間に飾りたいよ」

「あの、先輩がわざわざ来たってことは、つまり、その、つまり」

摑みかからんばかりの私を、先輩はやんわりと押し返した。

「そう。デッドラインは明日の朝九時。先生、新聞の連載が忙しいせいで、なかなかうちの原稿に手をつけてくれなくて、昨日から缶詰にしてるんだ。今回ばかりは落とされたら本当に困るんだよ。先生の読み切り短編は、来月の創刊五〇周年特大号の目玉だもんな。五十にちなんで、短いコラムから短編まで、掲載した売れっ子作家五十名の名前が表紙にずらっと並ぶ、業界注目の豪華企画なんだ」

涼しい部屋なのに、背中にじっとりと汗が滲《にじ》んでいた。

「つまり今晩中に、東十条先生の原稿が上がらなければ、代わりに私の作品が来月号に掲載されるっていうことですか？　五十人の売れっ子作家の一人として表紙に名前が載るってことですか？」

「角田光代《かくたみつよ》」や「川上弘美《かわかみひろみ》」の横に、同じ大きさで印刷された私のペンネームが、ピカピカ光る様子が浮かんだ。

先輩は、まずい、と言うように肩をすくめている。

「俺、余計なこと言っちゃったかな。まさかとは思うけど、変なこと考えてないだろうな」

「……え？」

「俺は忘れてないぞ。大学の時のあの事件。まさかあんな方法で切り抜けるなんて、サークルの誰も思ってなかったからなあ。このペテン師！」

「やめてくださいよ。あの頃と今は……」

違う、と言いかけて、すぐに気が付いた。私はあの頃と何も変わっていない。就職や結婚を経てすっかり社会に飼いならされた、先輩のような俗物とは違う。良くも悪くも、私は同じ直線上をひたすら歩み続けている。恋愛もバイトも続かないのに、小説家の夢だけは捨て切れない。得たものもない代わりに、今なお失うものもないのだ。先輩は、今の話は聞かなかったことにしろよ、と念押しし、入り口に向かっていく。

「ま、期待してるぞ。ある意味お前は、サークルじゃ一番の出世頭なんだから。じゃーな」

同情とも皮肉ともとれる笑顔が扉に遮られ、細くなっていく。鍵をかけると、私は壁にもたれてじっと天井を睨《にら》みつける。頭がやけに冴《さ》え渡り、喉《のど》がからからだった。

またとない、一発逆転のチャンスが到来したのだ――。

私のような名もない新人は、どんなことをしてでもチャンスを掴まねば。ギリギリに原稿を書き上げさえすれば、出来はどうあれ掲載が約束される大御所とは違う。使えるものはなんでも使わないと。手段を選んでいる場合ではない。再び、私は天井を睨んだ。

　原始的だけれど、長い長い木の棒で、どんどんと突いたらどうだろうか。例えば、モップの柄。ホテルなのだから、探せば見つかるはずだ。東十条宗典がびっくりして飛び上がる様を思い浮かべ、私は舌なめずりをする。一晩中突き続ければ、それこそ小説を書くどころではなくなるかも。そうだ、ホテルを覆《おお》う蔦《つた》に摑まって外壁をよじ上り、501号室の窓ガラスをこんこんと叩《たた》くのは？　この部屋と同じ間取りであれば、彼は窓に向かって執筆しているはずだ。五階の窓越しに見知らぬ女と目が合ったら、心臓が止まるほどぎょっとするのではないか。あれ、東十条宗典に心臓病の気《け》はなかったかしら――。

　忘れないうちに、とデスクに向かい、ホテルの名前入りのメモに付属のペンで「騒音攻撃」「心臓発作誘発」と書き付けておいた。荒唐無稽《こうとうむけい》なネタでもたくさん用意すれば、思わぬ形でストーリーを成すことがたまにあるのだ。作戦を立てるのは、小説のプロットを練る時に似ている。私は頰杖《ほおづえ》をついて、ペンを鼻の下に挟み込んだ。東十条宗典ってどういう人間だろう。必ず弱点はあるはずだ。今まで聞いたり読んだりしたエピソードや評判をできるだけ正確に思い出さねば。家族構成、癖、執筆方法、女の好み、出身大学――。彼の著作は大ヒットした不倫小説くらいしか読んだことはないけれど、週刊誌の連載エッセイは、毎回目を通している。女はかくあるべし、が口癖の男尊女卑の団塊クソジジイ。さすがに筆が達者だから、ついつい読んでしまうけれど、食ったものと抱いた女の自慢オンパレード。あんな内容を垂れ流せるなんて、心の大事な部分が欠落しているに決まっている。

私はようやく自覚する。売れっ子をことごとく、強く憎んでいることに。特に私生活をナチュラルに自慢する小説家に至っては、殺意を覚えるほどだ。自分だけは絶対に人から受け入れられるとでも思ってるのか？　書店でバイトしていた頃は、新刊コーナーの前を通る度に嫉妬《しっと》で床を転げ回りそうになった。レジ打ちしながら、自分一人だけに小説を書く能力があればどれほどいいだろうと、惨《みじ》めな涙を堪《こら》えたものだ——。

遠藤先輩が教えてくれたやり方で、作戦を「ハコ書き」し、腕組みしてじっと眺めるうちに、ようやくアイデアが舞い降りた。小説家の幽霊のふりをしていたずらを仕掛けるのはどうだろう。もともと業《ごう》の深い物書きの魂が、愛着のあるホテルに棲《す》みついていたとしても何ら不思議はない。そう、ここは小説家のためのホテルだ。私は胸の前で手を組み、目を閉じた。ここに集まった小説家達の魂はきっと私を励まし、導いてくれる。山の上ホテルの常連だった先人達よ、ああ、この哀《あわ》れな平成の新人作家に力をちょうだい、神様、吉行淳之介様、池波正太郎様――。

　ノックの音に跳び上がり、我に返った。時計を見ると、もう四時ではないか。やはりこの401号室に居ると、行きつけのドトールや自宅アパートの何十倍も集中できる。毎日ここで書ければ、あっという間にベストセラー作家になれるかも。急いでドアを開けると、先ほどのルームサービス係が、銀色のバケツに入ったシャンパンボトルとグラスを載せたお盆を手に立っていた。

「先ほどお帰りになったお客様から承《うけたまわ》りました。シャンパンのサービスでございます。よろしければ今、栓を抜かせていただいてもよろしいでしょうか」

　どうやら、遠藤先輩はそこまで悪い人間でもないらしい。お酒はかなり好きだけど、今日は執筆に専念したいのでさっきみたいに甘いもののほうが嬉《うれ》しいのだけど。

「あ、いえ。後で飲みたいので、そこのテーブルに置いておいてください」

「ええ、あの、でも」

　ルームサービス係は何やら言いにくそうだ。

「先ほどのお客様から、『大学の時みたいなことになると困るから、必ず係の方が抜いてください』と……」

　何年前の話をしているのだろう。だいたい、あれは私じゃなくて裕美子《ゆみこ》ちゃんが

——。ムッとしかけて、私は思わず頬に手をやった。ずっと忘れていた熱海《あたみ》での騒動が蘇る。そうか。その手があったか！

なおもシャンパンの栓を抜こうとする彼女をやんわりと諭《さと》して、帰ってもらった。籐椅子に足を組んで腰掛け、ボトルの中の透き通ったロゼを見つめているうちに、ついに計画は完成された。腕を振って、勢いをつけて立ち上がる。ベッドの脇のトランクを床に倒して、丸めて突っ込んであるバイト先の制服を取り出した。

まるで私をシャンパンの中に閉じ込めるように、いつの間にか401号室は薄闇《うすやみ》に包まれていた。

2

東十条宗典は、パソコンから疲れた目を上げ、藍色《あいいろ》に沈んだ明治大学の敷地に向けた。

本当なら自分の作品は万年筆で原稿用紙にしたためたいところだが、便利さに負け二年前からＷｉｎｄｏｗｓのノートパソコンを使っている。週刊誌の連載エッセイにそのことを書いた時は、同世代のファンをがっかりさせたものだ。画面右上の時計を見ると、深夜三時を回っていた。首や肩をぐるぐると回し、老眼鏡をかけ直す。なかなか調子が出ない。ここ、山の上ホテル本館501号室は直林賞を受賞した頃から、静けさと眺めが気に入って贔屓《ひいき》にしているのだが、今夜に限って騒々しい。真下の部屋で模様替えでもしているのか、ゴトゴトと物音がし、足の裏に震動が伝わってくるのだ。苦情を言うほどではないが落ち着かない。

六時間前も、「てんぷらと和食　山の上」で夕食を済ませて帰ってくるなり、備え付けの電話が鳴った。受話器を取ると、男のものとも女のものともわからない、がなり声が耳を打った。最初は気付かなかったが、よく聞いてみると、どうやら自決直前の三島由紀夫の演説らしい。

「静かにせい、静かにせい！　話を聞けっ！　男一匹が、命をかけて諸君に訴えてるんだぞ……」

三島由紀夫はこのホテルの常連だったと聞く。もしや、幽霊――。一瞬だけ背筋が寒くなったが、いやいや、と思い直す。そんな莫迦なことがあるはずはない。おそらく、これは文学ホテルならではの粋《いき》なサービスだろう。実際、修業時代は三島に傾倒していたし、そのことは何度かエッセイに書いていた。下手にクレームをつけて、洒落《しゃれ》のわからない小説家だと思われたら困る。東十条は何よりもまずイメージを気にするたちだった。

受話器を外しておき、しばらくすると、演説はいつの間にか終わっていてほっとした。

それにしても――。長い付き合いのある文鋭社の頼みとあっては断れなかったが、大した実入りにもならない読み切り短編など引き受けるのではなかった。気が入らないせいか、物語が終盤にさしかかっているというのにまだ女主人公が摑めないでいる。父親でもおかしくない年齢の妻子ある上司に心を寄せる二十代前半の銀行員、蓮子《れんこ》。男を癒《い》やすと同時に活力を与えてくれるような、明るく清純な女だ。

彼女が一体どんな体つきをしていて、どんな声でしゃべるのか、いつものようにイメージできない。現在付き合っているのが、百戦錬磨の銀座のホステスのせいだろうか。彼女の白檀《びゃくだん》に似た香りを思い浮かべるだけで、仕事を放り出してすぐにでも麻布のマンションに駆けつけたい気持ちになり、東十条は白い前髪をかき上げる。さあ、朝までもうひと踏ん張り。肩を回して再びパソコンに向かった瞬間、背後でドアを叩く音がした。

こんな時間に一体――。怪訝《けげん》な気持ちで入り口に向かい、用心深くドアを開けた。

「東十条様。ルームサービスでございます」

緑色の制服に身を包んだ若いメイドが、銀色のバケツに入ったシャンパンボトルとグラスを手に微笑んでいた。地味な顔立ちだが、ぽっちゃりとした白い頬と細い目がいかにも初々《ういうい》しい。化粧気もなく、黒髪をござっぱりとまとめている様は、このホテルの女性従業員に共通する清潔感を醸《かも》し出している。

「こちらは、当ホテルから東十条様へのプレゼントでございます。よく冷えたシャンパンをご用意致しました」

「いや、私は仕事中は飲まないことにしている。けっこうだ」

短く言って扉を閉めようとしたが、メイドは突然、膝《ひざ》を突き上げてドアに挟み、隙間に上半身をねじ込んできた。決して楽な体勢ではないだろうに、晴れやかな笑みを浮かべているのがいささか異様ですらある。

「でもサービスですから！　是非、受け取っていただきたく思います。従業員一同の願いでございます。お願いします。受け取っていただけないでしょうか」

こんな押し付けがましいサービスは山の上らしくない。うんざりしながらも気迫に負け、東十条はしぶしぶと彼女をスイートルームに招き入れた。

一人で仕事をするのが惜しいような広々とした部屋である。二つのベッド、窓側のライティングデスク、応接セット、揺り椅子がゆとりをもって配置されていた。メイ

ドはは しゃいだ様子で室内をきょろきょろ見回し、いきなりシャンパンを高く掲げ大きく振った。乱暴な手つきでコルクの周りの銀紙を破り捨てる様子を見て、なんだか嫌な予感がする。プロとして、こういう時は栓にナフキンを被《かぶ》せるべきではないだろうか。

「それじゃ、いきます。あの、せっかくのシャンパンなんで、文豪コール入れますね」

「文豪コール？」

「檀一雄と川端康成、どっちがいいですか？」

「何を言ってるんだね⁉」

「じゃ、ドンファン繋《つな》がりで檀一雄コールいきます！　手拍子お願いしますね」

メイドは唐突にすっとんきょうな声で歌い出した。

「チャチャチャチャチャ、祝杯を～、祝杯を～、あげるなら～。誰のため？　ハイ、自分のため！　チャチャチャチャ、ざまを見ろ。これからが私の人生だ～」

「あ、何をするんだ」

ポン、という明るい音とともに信じられないことが起きた。コルクの栓がゆるやかな弧を描いて宙を舞い、デスクの上のＷｉｎｄｏｗｓを直撃したのだ。東十条が転がるようにして駆け寄ると、画面が暗転しキーボード全体が泡で濡《ぬ》れていた。デスクの下をコルクが転がっていく。ああ、原稿が——。あまりのことに鋭い痛みを感じてみぞおちを押さえていると、涙声がした。

「申し訳ありません。ああ、どうしよう。私ったら、なんてことを……」

メイドがこちらを押しのけんばかりに、泡まみれの両手をパソコンに伸ばそうとするので、咄嗟《とっさ》に突き飛ばした。よろけて椅子に掴まりながら、メイドは目に涙を溜《た》め、声を震わせている。

「どうか、どうか、このことはホテルには言わないでください。先生のパソコンを壊したことがわかればもうクビです。本当に本当に、申し訳ありません」

言うなり、白い頬をつうっと涙が伝っていく。女に泣かれるのは苦手だ。やれやれ——。東十条はなんとか心を落ち着けようとする。

「これ以上騒がないでくれ。頼むから」

ミリオンセラーになった自著『慌《あわ》てず騒がず〜孤独にならない生き方〜』の序文を思い出し、できるだけこわばらないように微笑を浮かべた。腹を立てるのは高血圧に良くない、と妻にも言われている。

「大丈夫、バックアップはとってある。フロントに頼んで、代わりのノートパソコンを用意してもらおう。以前、パソコンに水をこぼした時、実に親切に対応してもらったんだ」

うるんだ瞳《ひとみ》に感謝の色が浮かび、メイドはこちらを見上げた。

「ああ、なんてお優しい方なんでしょう。こんなことになってしまって、なんてお詫《わ》びを申し上げたらいいのか。……あの、実は私、先生のファンなんです。大ファンなんです」

「なんだって？」

驚いて改めて彼女の顔を覗《のぞ》き込む。言葉が本物である証拠に、頬がさっと赤くなった。

「先ほどフロントでお見かけして、もう居ても立ってもいられなくなって――。シャンパンは私が個人的に用意したものなんです。ホテルで働く人間として最低なことはわかっています。でも、先生をお慕《した》いする気持ちが抑えられなくて、ついこんな真似《まね》をしてしまったんです。私、先生の作品はすべて読んでいます」

ほう、と東十条は、俄然《がぜん》興味を持った。女性ファンは多いが、これほど若い娘は珍しい。

「実は、先生に憧れて小説家になろうと思ったんです！」

「小説家？　じゃあ、どうしてメイドなんかしているの」

「お金のためもありますけど、こういう仕事をしながら、いろんな人に会って視野を広げねばと思いました。先生もエッセイに書かれていらっしゃったでしょう？　小説家には筆力よりも、まず経験が必要だって。私には圧倒的に人生経験も恋愛経験も足りませんから」

「ほう、恋愛経験がない、というと……」

「あの、ええと、その……」

そう言うなり、彼女は小さく唇を噛みしめ、うつむいた。東十条は久しぶりに、胸打たれるのを感じている。はじらいとひたむきさ――。妻にも愛人にもないものだ。贅沢《ぜいたく》も男も知らず、ただひたすら夢を追いかけるこの純粋さ。これこそが、今回のヒロインに欠けていたものではないだろうか。東十条は揺り椅子に腰を落ち着け、メイドを上から下まで眺め回した。

「先生、申し訳ありません。ああ、先生をお慕いするあまり、不躾《ぶしつけ》な振る舞いをしてしまったんです」

「もう、そのことはいい。よければそこに座りなさい。君の話を聞きたいものだね」

彼女は遠慮がちに、応接セットの椅子に腰を下ろした。スカートから伸びる柔らかそうなふくらはぎに、こっそりと唾《つば》を呑み込んだ。

「私の話なんて、お聞かせするほどのことはありません。むしろ、先生のお話を伺いたいんです。先生に憧れて、早生田《わせいだ》大学に入学したくらいなんですから」

「ほう、君は後輩なんだね」

なるほど幼く見えて、表情や態度のどこかしらに知性を漂わせているはずだ。ぐっと安心して、東十条は背もたれに体を預ける。何年も訪れていないキャンパスを思い出せば、肩や首の疲れがふわりと抜けていくようだ。メイドはほっとした顔つきで、心から嬉しそうにうなずいた。

「ええ、もちろん。サークルも同じ文芸サークルです」

「あはは、思い出すよ。まだ存続しているんだね。嬉しいことだ」

「ええ、一度は廃部になりかかったんですが、新入部員を大勢勧誘することに成功したんです。広告塔にその年のミス・キャンパスを入部させたおかげで」

「いやいや、それは無理だろう」

早生田大学のミス・キャンパスといえば今も昔も変わらず、女優やアナウンサーを輩出するレベルの高さで有名だ。物語の世界など必要としていない美女が、あの薄暗くカビくさい部室に足を踏み入れるわけがない。貧しい文学青年だった東十条も、当時のミス早生田を遠くから見つめ、恋い焦《こ》がれたものだった。彼女の面影が生き生きと蘇ってきて、ふいに胸を締め付けられた。あの頃は好きな女に、とても自分から話しかけられなかったのに――。随分遠くまで来てしまったものだ、としみじみ思う。流れていった月日に思いを馳《は》せると、柄にもなく鼻の奥がつんと痛んだ。

「本当です。もちろん簡単なことではありませんでしたけど。彼女レベルの有名人を入部させない限り、文芸サークルにスポットが当たることはない……。そう思いついて、私達はある作戦を実行することにしたんですよ」

やけに自信に満ちた様子に、東十条はもはや好奇心が抑えられそうにない。

「そうなのか？　その、差し支えなければ、少しだけ聞かせてもらえないかな？」

「わあ、光栄です。ただ、ちょっぴり長くはなるんです。もう勤務は終わるところなんで、私服に着替えてから、またこちらのお部屋に伺ってもよろしいですか？」

うなずくと、彼女は幸せそうに頰を押さえ、弾んだ足取りで部屋を後にした。

まあ、悪い夜ではないかもしれない。ドアが閉まる音を聞いて、東十条は口元を緩めた。青春時代の甘酸《あまず》っぱい思い出に胸が浸《ひた》されていくようだ。どうせパソコンも動かないのだし、もはや締め切りなどどうでもよくなっている。自分ほどのレベルになれば、文芸誌の読み切りを一度や二度落としたくらいでキャリアに影響はない。

今時珍しい文学少女。彼女の若さとエネルギーが体に乗り移った気がして、東十条は大きく伸びをして、窓の外を眺めた。こんなに清々《すがすが》しい気分は何年ぶりだろう。明治大学を取り囲む木々の間から、少しずつ空が明るくなっていくのが見えた。

3

相田大樹《あいだたいじゅ》。

「あ」で始まる若手の作家は少ない。どこかに「木」が入ると売れる。性別が曖昧な名前は幅広い層にアピールする。

彼女が書店員の経験を生かして名付けたペンネームは、どうしてなかなか悪くない。実際、五十音順に並んだ作家のトップバッターは彼女だ。発売前から早くも話題沸騰《ふっとう》の『小説ばるす』創刊五〇周年特大号の表紙をそっと撫《な》で、遠藤道雄《みちお》は受話器を挟む肩を右から左に替えた。

「おそらく、偶然の一致なんじゃないですかねえ。そんな小説みたいなことが実際にあるわけないですよ。新人作家がメイドのふりをして、大御所の執筆を妨害するなんて」

受話器の向こうでは大先生が猛《たけ》り狂っているが、慌てることはない。「猛獣使い」の異名を持つ遠藤は、東十条専用ののんびりした口調で切り返す。見本誌が届いてすぐ、編集部に怒りの電話がかかってくるのは予想通りだった。

「彼女ならよく知ってます。担当は僕ですし、そもそも大学の後輩ですから。断言してもいいですが、相田のような貧乏な新人作家が、一人で山の上ホテルに宿泊できるわけがありません。それに万が一、先生が缶詰にされているお部屋を知ったとして、どうやってメイドの変装をして真夜中に現れるんですか？」

「証拠はまさに今、君の手元にある、『ばるす』五〇周年特大号だ！」

怒鳴り声が頭に響くので、遠藤は少しだけ受話器を遠ざけた。まんまと乗せられた自分が悪いのに、よくもまあ、ここまで大騒ぎできるものだ。アルバイトの女子大生にも聞こえたらしく、冷たい緑茶を遠藤のデスクに置くと、しのび笑いを漏らしながら通り過ぎていった。

「私の代打で掲載された相田の作品をよく読みたまえ。あの晩、私の部屋に来たメイドが朝まで話して帰った内容とそっくりなんだ。指一本触れさせず、べらべらべらべら話したいだけ話しやがって――。口惜《くや》しいことに、口が達者だからついつい内容に引き込まれてしまったんだ。クソッ、相田大樹があのメイドだ。間違いない」

シャンパンはヒントのつもりだったが、ここまで上手《うま》く活用するとはさすがだ。うっかり口を滑らせたふりをして東十条の部屋番号を教えた時から、こうなることは遠藤の計算のうちだった。小説家を導くのはいつの時代も編集者であらねばならない。

　彼女のおかげでこちらも助かった。はっきり言って、東十条宗典は下り坂の作家だ。それにいかにビッグネームであろうと、一晩で慌てて書き上げたような原稿を記念号に載せるわけにはいかない。遠藤はこの仕事にプライドを持っている。

「先生、落ち着いてください。何度も申し上げるように、そのメイドと相田は別人ですよ。だいたい、彼女は早生田大学出身ではありません。僕と同じ青教大《せいきょう》です。しかも僕達の所属していたのは文芸サークルではありません。新人が先生のような大作家を前に、そこまでしゃあしゃあと作り話ができるでしょうか」

「いや、でも、しかし……」

「第一、そのメイドさんは随分若くて可愛いんでしょう。相田大樹は今年で三十歳ですよ。僕の知る限りですが、二ヶ月前まで恋人はいたし、処女のはずがありません」

　低くうめくような声がして、遠藤は笑いを嚙み殺す。

「いや、でも、しかしだね、相田の書いた作品……。あまりにも、メイドの話と酷似《こくじ》している。設定は微妙に違うが……」

　一年かけて遠藤がブラッシュアップを重ねたおかげで、相田大樹の読み切り短編は新人とは思えぬレベルの高さを誇っている。私立の女子高校を舞台にした青春小説は、読者のほろ苦い記憶を呼び起こすことだろう。控えめで目立たない文芸部の少女達が、廃部をまぬかれるために学園一の人気者を勧誘するという物語。編集部の評判も上々、早くも単行本を視野に入れた連作の話が出ているほどだ。

　相田大樹、いや中島加代子《なかしまかよこ》――。サークルの後輩だった頃から見込んだだけのことはある。

　特に熱海の老舗旅館に宿泊した、夏合宿の夜が忘れられない。仲間の一人が宴会の最中に、シャンパンのコルクで高価な壺《つぼ》を割ってしまうという事件が起きたのだ。あの時、加代子は仲間を守るために、一瞬にして完璧なシナリオを構築した。どこからか着物を借りてきて、仲居になりすまし、宴会の最中である隣の大広間に堂々と入っていって、何食わぬ顔で壊れた壺をよく似た壺にすり替えたのだ。見事な口八丁手八丁により、壺を壊したのは、隣の広間で酔って騒いでいた上客である地元市議会の誰か、ということになり、すべては丸く収まった。

　平成の小説家に圧倒的に欠けているのは執念とハッタリではないだろうか。本人に決して言うつもりはないが、遠藤は加代子の「才能」を誰よりも高く買っている。

「ところで……、君達のサークルは一体……」

「え、大学公認の演劇部ですけど、何か?」

息を呑む音がし、ちくしょう、というつぶやきとともに、電話は乱暴に切れた。受話器を置くなり、遠藤はたまらなくなって噴き出した。同僚の何人かが不思議そうな顔で振り返る。

今後、文学賞のパーティーなどで二人が顔を合わせた時が見ものだ。加代子は今度はどんな物語で乗り切るのだろう。さあ、久しぶりに面白くなってきたぞ。山の上ホテルにふさわしい、新たな伝説の始まりだ。

通りのケヤキ並木から今年最後の蟬《せみ》の合唱がスコールのように押し寄せたあと、ざわついていた編集部がほんの一瞬だけ無音になった気がした。

第二話　私にふさわしいデビュー

1

私が心の底から望んでいる富と名声は全部、この氷の周りに集まっているのではないか。「富士の間」に足を踏み入れるなり、目の前に広がるまばゆいばかりの光景に立ちすくんだ。

さすがは帝国ホテルの大パーティー――。大手出版社「文鋭社」が主催する「小説ばるす新人賞」の授賞式だけのことはある。

巨大な二つのシャンデリアが照らし出す広々とした空間は、ワイングラスを手にした有名作家や書評家、編集者で賑《にぎ》わっている。その間を、水槽の中の魚のようにひらひらと行き交うのは、ぴったりしたブラウスにロングスカート姿のコンパニオンさんと、和服やドレスがあでやかな文壇バーのホステスさん。生まれて初めて目にする「夜の蝶《ちょう》」に、失礼とわかっていても視線が吸い寄せられる。たった今すれ違った和服美女のうなじが、あまりにも白くぬめぬめと光っているので、思わず自分の短く太い首に手をやってしまう。春夏の一張羅《いっちょうら》である、丸襟《まるえり》のパフスリーブの麻のワンピースが急にみすぼらしく思え、知らず知らずのうちに背中を丸めていた。やはり、無名の新人作家が大きな文学賞のパーティーにのこのこやってくるのは場違いだったのだ。遠藤先輩の誘いを二つ返事で受けたことがつくづく悔やまれる。

会場中央に設置されたテーブルは、鮮やかな色合いの海老《えび》や蟹《かに》、ホテル特製のシチューやローストビーフなど、「マッチ売りの少女」が夢見たような絢爛《けんらん》豪華なバイキング料理で彩《いろど》られていた。しかし、どんなご馳走《ちそう》より目を引くのは、すべてを見下ろすかのように君臨する、白鳥をかたどった見事な氷細工だ。ただの水が、一体何をどうやったらシャンデリアの光を浴びてキラキラ輝く芸術品にまで高められるのか。その技術と手間暇に畏怖《いふ》さえ覚え、私はふらふらとテーブルに近づいていく。氷の白鳥は会場の熱気を受けて、そのほっそりした首に無数の水滴を浮かべていた。慎《つつ》ましやかに伏せた瞼《まぶた》に滲《にじ》む滴《しずく》はまるで涙のようで、そのはかない輝きに魅入られる。

ねえ、私とあなたとの違いはなんなんだろうね。私は白鳥に語りかけたい気持ちになった。ただの水と、パーティーの主役を担《にな》う水晶のようなオブジェ。元は同じ人間なのに、光を浴びることができる人とできない人。ふいに足元がぐらつくような絶望感に襲われた。会場を見回すと、編集者に取り囲まれた受賞者、さらに有名作家達

――、可憐《かれん》なワンピース姿のまぶしい島本理生《しまもとりお》、マーク・ジェイコブスをさらりと着こなした山本文緒《やまもとふみお》らの姿が次々に視界に飛び込んできた。私は慌《あわ》てて目を逸《そ》らし、テーブルから皿を引っ摑《つか》むと夢中で料理を盛りつけていく。ローストビーフ、海老に蟹。オーロラソースをたっぷりかけて口に押し込むと、みぞおちが震えるような美味が体中に染《し》み渡っていく。こんな豪華な食事はずっとしていないし、この先もないだろうと思うとこの会場の食べ物すべてを食べ尽くしたい欲求にかられた。こうしちゃいられない、と勇ましくフォークを動かしがつがつと蟹を頰張っていると、背後でよく知った声がした。

「みっともない。ここぞとばかりに、あんまりガッつくなよ、貧乏人が。ますますデブるぞ」

のろのろと振り返ると、いつにも増して高そうな背広姿の遠藤先輩が、ウーロン茶のグラス片手に佇《たたず》んでいた。先週、打ち合わせで会ったばかりだというのに、何故《なぜ》か遠い存在に思える。ただし、いつもは底意地悪そうに輝いている黒縁眼鏡の奥の目が、今日はやけに静かな色を浮かべていた。普段なら即座に言い返すところだが、言葉が出てこないのは、口いっぱいの蟹のせいばかりではない。戸惑っているのは遠藤先輩も同じらしく、私達二人の周囲だけがパーティー会場の喧噪《けんそう》から切り離されたかのように静かだった。先に沈黙を破ったのは私のほうだ。

「放っといてください。私みたいなファミレスのウエイトレスは、こんな美味《おい》しい蟹、これを逃したら二度と食べられませんから。もはや、食べることくらいしか楽しみがないし」

口を尖《とが》らせ、テーブルに向き直ると、わざと豪快にオーロラソースをたっぷりと追加した。今年に入ってから五キロ太った。執筆にのめり込むにつれ、砂糖とでんぷん質を強烈に欲するようになり、本能のおもむくままにガルボとかんぴょう巻きを大量に摂取したせいだ。おかげで満足のいく作品が書き上がったから後悔はしていないけれど、もともとぽっちゃり体形だったせいもあり、着られる服は半分になった。正直、このワンピースもきつくて仕方ない。お腹《なか》のボタンが今にもはじけ飛びそうだ。遠藤先輩がいつまでも目を伏せて黙っているので、私はだんだん苛立《いらだ》ってきた。こんな先輩、見たくない。彼がいつも自信満々で高圧的だからこそ、ファイトが出るのに。

「遠藤先輩は食べないんですか？　ほら、ぼやぼやしてると、食べ尽くされちゃいますよ！」

まったく、どうしてこっちが気を遣わねばならないのだろう。あなたが私を励ましてよ、社交辞令でもいいからさ、と怒鳴りつけたい思いだった。

こんな時にジョークの一つでも言ってこちらの気を紛らわす才覚もないくせに、よくも出版社の超難関就職試験を切り抜けたかと思うと、大企業の面接の節穴っぷりに舌打ちしたくなる。何一つ足りないものがない遠藤先輩の人生と自分のそれを比較すれば、八つ当たりとわかっていても腹が立って仕方ないのだ。一枚三千五百円相当の激安原稿料および孤独と戦って、バイトしながら作品を書くのも、ネットの批評に耐えるのも作家の仕事なら、打ち合わせやパーティーでの会話を盛り上げるのも作家の役目ときたもんだ！　担当作家が売れればお手柄、売れなければ作家本人のせい。企業に守られ「作家と飲むのが仕事」とうそぶき、なんの疑いも抱かずに会社の金で贅《ぜい》と美食の限りを尽くす。そのくせ「普通の勤め人とは違ってクリエイティブな仕事をしております」と言わんばかりの、スノッブで妙に人を見下した態度。私が売れっ子作家を床を転げ回りたくなるほど憎んでいるのは昔からだが、最近では大手の編集者も大っ嫌いだ。この未曾有《みぞう》の出版不況は作家でも書店でも読者のせいでもなく、あきらかに出版社のせいだと思う。映画『キャリー』みたいに、このパーティー会場を火の海にできたら、どれだけ胸がすっとすることだろう。ようやく、遠藤先輩はぽつりとつぶやいた。

「編集者はこういう席で食っちゃいけないんだよ。一応、接待の場だからな」

「ふーん。そりゃー、もったいないっすねえ。私、お寿司《すし》コーナーに行こうっと」

さっさと踵《きびす》を返し、一流店の板前さんが目の前で好みのネタを握ってくれるブースに向かって歩き出す。

「ごめんな」

どきっとして、私は振り返った。遠藤先輩が私に謝るなんて、生まれて初めてではないだろうか。

「俺の力不足だよ。編集会議での決定は絶対だ。上からの命令にどうしても逆らえなかった。お前の処女作を何がなんでも俺が担当したかったのに、恥ずかしいよ。本当にすまなかった」

急に目頭がじわっと熱くなり、私は慌てて前に向き直ると、お寿司コーナーめがけてぐんぐんと突進していく。こんな華やかな場所で、真面目《まじめ》に謝ったりしないでほしい。余計に惨《みじ》めになるから。

遠藤先輩が頑張ってくれたことくらい、本当はちゃんとわかっているし、感謝もしている。

名もない新人の短編を、由緒《ゆいしょ》ある文芸誌『小説ばるす』の五〇周年特大号に載せてくれただけではなく、この一年間で何回も連作を掲載してくれたのだ。先輩の指摘や直しが的確なせいか、作品の評判は上々で、まだ本にもなっていないのにさる有名書評家がブログで取り上げてくれたりもしたほどだ。

――『ばるす』に掲載された短編四本に書き下ろしの百枚を付けて、原稿用紙換算で三百六十枚。もう、単行本として十分出版できる。お前にしちゃよくやったほうだ。会議にも通ったし、秋には単行本デビューだ！

先月、遠藤先輩がわざわざバイト先に駆けつけてそう告げた時、嬉《うれ》しくて嬉しくて仕事が手につかなかったほどだ。装丁は？　帯の惹句《じゃっく》は？　まだ見ぬ私の本が書店に平積みされている様を思い浮かべるだけで、恍惚《こうこつ》となった。ようやく私も作家と名乗ってもいい人間になれるのだ。そう思うと、デビューから四年間の辛《つら》い日々が溶けていく気分だった。

しかし、一本の電話がすべてを変えた。約二年間、音信不通だったプーアール社の女性担当編集者から連絡が来て、単行本デビューは泡のように消えてなくなったのだ。

――文鋭社から本を出すそうですね。申し訳ありませんが、他社からの単行本デビューを認めることはできません。あなたはプーアール社新人文学賞でデビューした、大事な作家さんですから。

この人は一体何を言っているのだろう、とめまいを覚えた。四年前の授賞式の日から数えてもたった一回しか会ってくれなかったくせに。何度作品を送っても感想の一つも返してくれなかったくせに。いくら訂正しても私の名字を間違えるくせに。「大事な作家」とぬけぬけと口にする感性に、私は呆気《あっけ》にとられた。こちらの沈黙に何かを感じたのか、彼女はやや早口でこう続けた。

――とにかく、文鋭社からの単行本デビューは見送ってください。まずは、デビューさせてあげたうちから単行本を出すのが筋でしょう。出版業界のルールですよ。

「あげた」？　「デビューさせてあげた」――？　怒鳴りそうになるのを必死で堪《こら》え、私は切り返す。

――でも何度作品を送っても、感想の一つもいただけないじゃないですか。てっきり見切りをつけられたとばかり……。

――そうですか。では時間ができたら拝読します。とにかく、あなたはうちの新人ですから。文鋭社から単行本を出すのは筋違いですよ。

これが噂《うわさ》に聞く「囲い込み」か。しかし、そういうことは超人気作家にするものではないだろうか。ずっと野放しだった、無名の私なんかを囲って、今さらプーアール社にどんな得があるのかわからず、電話を切った後も、狐《きつね》につままれたような気持ちだった。その後、情報通の遠藤先輩の暗躍で、すぐに真相が判明した。

今年の秋、プーアール社は島田かれんの二冊目の本を出すらしい。同時受賞の私と刊行時期がぶつかるのは、プーアール社としてはどうしても避けたい事態だそうだ。

島田かれん。その名を聞くだけで、自然とこめかみの辺りが熱くなってくる。あの日から、文化人気取りの彼女の姿がテレビに映る度に、石をぶつけたい気分だった。元アイドルである現在三十四歳のかれんは、今なお本を出してもらえないこちらとは対照的に、受賞たった一ヶ月後には処女作『恋愛夜曲』を出版し、三十万部のベストセラーとなった。落ち目のバラエティタレントとなっていた彼女はそれで一気に息を吹き返したかに見えたが、本の評判は決して芳《かんば》しいものではなかった。アマゾンのレビューは平均ほぼ星一つ。ある書評家は「こんなもの、小説と認めるわけにはいかない」と酷評した。昨年、有名週刊誌がプーアール社でのかれんの受賞が出来レースである、とすっぱ抜いた時は正直、溜飲《りゅういん》が下がったものだ。その記事は「同時受賞した相田大樹さんは地道に老舗《しにせ》文芸誌で活躍中。本当にスポットライトを当てるべきは、島田かれんではなく実力で受賞した彼女では？」と結ばれていて、思わず切り抜いてスクラップし記者の名前をメモしたほどだ。彼女が叩《たた》かれれば叩かれるほど、心の澱《おり》が消えていくようだった。私の執筆は面白いようにはかどり、ぐんぐんと自信がついていった。

ところが。遠藤先輩は悲しげにこう告げたのだ。

――島田かれんは二冊目に賭《か》けているらしい。小説ではなく自伝だそうだ。デビュー前の非行や初めてのセックスを赤裸々につづったものらしくて、かなりの話題性が期待できる。プーアール社だけではなく、彼女の所属事務所「小田プロ」も社を挙げて猛プッシュするそうだ。なにより、文鋭社期待の新人であるお前との実力差を、マスコミに冷静に判断されるのは避けたい、というわけだな。

落ち目の芸能人のエロ自慢に負けたかと思うと、私は泣きたい思いにかられた。それでも遠藤先輩はなんとか私の本が出せるように尽力してくれたのだ。しかし、多数の売れっ子を抱える大手芸能事務所、小田プロは文鋭社にも影響力を持っていて、彼の意見は上からねじ伏せられたらしい。


コハダ、トロ、赤貝、イカ。

色白でもち肌の職人さんが小さめに握ったお寿司は、口に入れると酢飯がほろっと崩れ、魚介の甘みと海の香りがじんわりと広がる。こんなに美味しいのに、少しも私の心を慰めてはくれない。肩を落としてガリを嚙《か》みしめ、つんと来る辛さに身を震わせる。

どうして、プーアール社なんかの新人賞に応募してしまったんだろう。出版社としては中堅レベルの、実用書で知られるところだ。始まってたった二年の賞で、選考委員七名も全員社員だったっけ。

ああ、デビューしたい一心で、文学賞と聞けば手当たり次第に原稿を送りまくった私が愚《おろ》かすぎたのだろうか。この四年間、数え切れないほど繰り返してきた問いに再び向かい合うと、後悔と惨めさで涙が滲んだ。島田かれんとプーアール社がどこに行ってもついて回る。どうしても逃げられない。忌《い》まわしい出自のような私のデビュー。もし人生をやり直せるのなら、この帝国ホテルで盛大に祝ってもらえるような、大手出版社の歴史ある新人賞を受賞したいものだ——。

「やっと見つけたぞ！　相田大樹め！」

突然、右手首を強く掴まれ、お寿司の載った皿を危うく落としそうになった。まさか。恐る恐る顔を上げると、そこには東十条宗典が鬼の形相で立ちはだかっていた。上質な麻の白いスーツにピンク色のシャツという出《い》で立《た》ちは六十代と思えないほど若々しく、白髪がよく映えている。文壇のトップクラスは一年前と少しも変わらない、傲慢《ごうまん》さと豊かさをみなぎらせていた。

「この一年、お前を探し続けていた。一体どこに隠れていたんだ。お前の写真がどの媒体にも掲載されていないから苦労したぞ。山の上ホテルではよくもまあ、執筆の邪魔をしてくれたものだな。私を押しのけ、まんまと『ばるす』に連載を取りおって！」

まずい、本当にまずい。いつかはこの日が来ると思っていたけれど、それは本が何冊も出て、押しも押されもせぬ売れっ子になった時だと思っていた。皿をすぐ傍《そば》の丸テーブルに置くと、私は精一杯の作り笑顔を浮かべる。できるだけ莫迦《ばか》っぽく小首を傾《かし》げて、人さし指を頰に当てて見せた。

「うわあ〜。東十条宗典さんですかあ？　すごぉい。雑誌やテレビで見るまんまだあ」

「その手には乗らんぞ！　担当の遠藤に聞いた！　お前は演劇部出身だそうだな」

まったく先輩ときたら口が軽いんだから。私は声に出して、あーあー、とため息をつき、うんざりした思いで、東十条から顔を背《そむ》ける。まったくなんてお暇な老人なんだろう。新人をいじめる時間があったら、地獄のようにつまらない新聞の連載小説と、ネットで笑い草になっているワイドショーでのピンぼけコメントをなんとかすべきなのに。

「なんだ、その生意気な目つきは。この私にあのような無礼な真似《まね》を働いて、ただで済むと思うなよ。これからこの会場を引き回し、お前のしたことを出版界にさらしてやる！　お前の作家生命は今日で終わりだ。書ける媒体もゼロになるぞ。どこからも本を出せなくしてやる！」

恐怖よりも怒りが先立った。カッとして、私は思わず正面から東十条を睨《にら》みつけた。そんなこと絶対にさせない。もはや、いつになるかわからなくなったとはいえ、単行本デビューは少女の頃からの夢なのだ。男尊女卑の団塊ジジイに邪魔されてなるものか。

そうか。私は、あっと声をあげそうになる。本を出すも出さないも本来、作者である私が決めるべきことではないか。出してもらうのではなく、私が本を出すのだ。権力に屈し、編集者の顔色を窺《うかが》い、何を弱気になっていたのだろう。こんなの絶対に私ではない。これくらいの逆境、絶対に撥《は》ね返してみせる。そう、山の上ホテルの時のように、アイデアと機転で切り抜ければいいのだ。東十条やかれんがベストセラーを出して、この才能豊かな私の本がたった一冊も出ないなんて世の中、絶対に間違っている。

こちらの目つきがよほど鋭かったのか、東十条は私から手を離し、少し後ずさった。形勢逆転。うっすら微笑《ほほえ》んで、彼との距離を縮めていく。

この一年、私は東十条の作品を数多く読み、改めて彼への敵意を強めていた。百万回聞いたようなことを書き散らしたエッセイ、セックスの描写のあちこちに見え隠れする強烈なミソジニー、行間に漂う発想の古さとせせこましさ。過去の栄光にあぐらをかいた大御所なんかに、絶対に負けるもんか。第一、私のような不遇の新人を力で押さえつけようとするなんて、成功者として絶対にやってはいけないことだ。

ああ、ここ帝国ホテル富士の間で文学賞を受けた先人達よ、私に力を貸してちょうだい。

こうなったら使えるものはなんでも使う。出版界は島田かれんを許したではないか。許すどころか、全力で守ったではないか。つまり、この世界にルールは無用。その代わり、絶対に負けてはならないということだ。私は咄嗟《とっさ》に周囲を見渡す。作家、編集者、ホステス、ホテルの従業員。そして、シャンデリアに氷の白鳥——。よし、シナリオは決まった。私は唇をなめると、東十条を乱暴に押しのけ、空のグラスが集まった丸テーブルのテーブルクロスに手を伸ばす。クロス引きは約十二年ぶりだから緊張してしまう。大学一年の時に演じた『シカゴ』でのアドリブ以来か。息を整え目を閉じると、力いっぱいに白いクロスを引いた。瞼越しに感じた、グラスがぶつかり合いながら宙を舞う様は、まるで星空みたいだった。

東十条先生。作り話は得意よ、私。

2

白いクロスは、相田大樹の手で稲妻のような速さで引き抜かれた。七つあったグラスは一瞬だけ跳ね上がり、強い光を放ちながら、カチンカチンと澄んだ音を立て、順繰りに着地した。その見事な手さばきに、周囲では「おおっ」という感嘆や小さな拍手が起きる。彼女が腰をちょっと落としてスカートの端をつまみ、うやうやしくお辞儀をするものだから、辺りは温かな笑いに包まれた。

おのれ、相田大樹め。

唐突に宴会芸をやってのけ、場の注目をさらった彼女を前に、東十条は地団駄《じだんだ》を踏みたい気分になった。胃の辺りの熱の塊がぐんぐんと上昇するのがわかる。まずい、高血圧が――。目を軽くつぶり、大きく深呼吸をした。そう。これがこの女の手なのだ。芸と話術で相手を自分のペースに引き込み、あれよあれよという間に要求を通す。あの人を食ったような顔つきときたら！　忌まわしい「文豪コール」が蘇《よみがえ》り、大樹の柔らかそうな白い首を両手で絞め上げたい気持ちにかられる。一見、無邪気で世慣れない印象だが、全身から噴き出す上昇志向を少しも隠せていない。もともと、頭の回転の速い野心的な女が大の苦手だ。陰で自分のことを笑っている気がしてならない。東十条は笑われることが、なによりも怖かった。

「くだらん悪あがきをしおって！　ほら、来るんだ」

彼女に向き直るとぽっちゃりした腕に再び手を伸ばす。何か硬く、ひんやりとしたものが、東十条のペンだこで節くれ立った指に触れた。

「お客様、どうかなさいました？」

大樹はきょとんとした顔をこちらに向け、いつの間にやら手にした銀色の盆を、まるで身を守るかのように掲げ、空のグラスを次々に載せている。おまけに先ほど引き抜いたクロスを、ワンピースの腰に巻き付けているではないか。

「なんの真似だ！」

「なんの真似、とおっしゃいますと……。お客様、お気を悪くされたら申し訳ありません。おっしゃることがよくわかりません。私は当ホテルのメイドですが……」

あまりにも怪訝《けげん》そうな顔でこちらを見る様に、東十条はたじろぐ。一瞬、自分が間違っているとさえ思えたほどだ。いいや、そんなはずはない。しかし、古風なちょうちん袖《そで》と丸襟の服にエプロンもどきを巻き、澄ました顔で盆を手に背筋を伸ばしていると、本当にホテルの従業員そのもの……。危ない、危ない。そう、昨年もこの手に引っかかり、彼女をホテルの部屋に招き入れてしまったことを思い出す。東十条は頬を叩いて気を引き締め、彼女の右腕をがっしりと摑んだ。

「同じ手に二度は乗らんぞ、相田大樹め！　お前なんかが帝国ホテルで働いているわけがないだろう」

「相田……？　初めて聞くお名前ですが」

「しらばっくれおって。じゃあ、去年、お前が山の上ホテルでメイドをしていたことは、どう説明するつもりだ」

　大樹は少しも動じることなく、今度は隣のテーブルに向かい、空きグラスを片付けている。あまりにもさりげない態度なものだから、通りかかった山本文緒までが彼女にグラスを預けたほどだ。

「はあ、私は一流のホテルマンを目指し、様々なホテルで短期のアルバイトをしている、見習いでございます。確かに去年、山の上ホテルさんでも勉強させていただいております。もしかすると、お客様を接客させていただいたかもしれません。大変申し訳ないのですが、いかんせん、何百人というお客様に接するので、お顔を覚えておらず……」

「腰にテーブルクロスを巻き付けて、なにが一流のホテルマンだ！　ちゃんちゃらおかしいぞ！」

「汚れ物でございますから、何を巻いても問題ないかと思いますが、もし、ご気分を悪くされたようでしたら、申し訳ありません。ただ今、違うものと替えて参りますね」

　言うなり、こちらの脇《わき》をすり抜け、さっさと立ち去ろうとするではないか。そうはさせじ。東十条は慌てて大樹の肩を乱暴に摑んだ。服の下の柔らかい肉体を感じ、一瞬だけときめいてしまった自分が口惜《くや》しい。憎むべき小娘であることに変わりはないが、幼い顔つきと色白でむっちりとした体の落差は、どうしてなかなか悪くない。東十条の愛人であるホステスも、なじみの芸者らもしきりに瘦《や》せたがるのだが、六十を過ぎると、これくらいの肉付きはむしろ魅力的に思える。玄人《くろうと》の女にはない素朴な色気と、瑞々《みずみず》しい肌のハリときたら——。まずい。去年もこの若さに騙《だま》されたのだ。油断を蹴散《けち》らそうと、腹の底から声を張り上げる。

「うるさいっ！　お前が相田大樹本人であることを、今すぐ証明してみせる。こっちに来るんだ」

「お客様、何をなさるんですか」

困惑し切った声を無視して、彼女をぐいぐいと引っ張っていく。すぐに顔なじみの編集者四、五名がかたまって談笑しているのを発見した。永和出版、秀茗社《しゅうめいしゃ》……。いずれも大手揃《ぞろ》い。にやりとして、彼らめがけて大樹を思い切り突き飛ばした。彼女はよろめいて、編集者の輪の中に躍り出た。

「おい、君達。その女の顔に見覚えはないか。四年前、プーアール社からデビューし、現在『小説ばるす』でも執筆している、相田大樹に違いなかろう」

編集者らは驚いたように跳び退《の》き、彼女をまじまじと見つめている。やがて、一人の男性編集者が当惑したように尋ねた。

「東十条先生……。大変申し訳ありません。こちらはどなたですか？」

「どなた？　だから、プーアール社新人賞でデビューした相田大樹だ。ほら、あの島田かれんとかいうのと同時受賞して、マスコミに随分大きく取り上げられたじゃないか」

東十条は彼らの記憶を取り戻させようと言葉を尽くしたが、どの面々も首を傾げ、顔を見合わせるばかりだ。まだ若い女性編集者が遠慮がちに口を開いた。

「大変申し訳ないのですが、それは四年前の出来事ですよね、東十条先生。確かその回で、プーアール社の文学賞は一度打ち止めになっているんですよ。島田かれん以外で、これといって話題もなかったし……」

それをきっかけに、編集者達は、ああ、そういえば、といった表情で次々に話しだした。

「そうそう、同時デビューした人のことなんて、覚えてないですよね」

「あの受賞自体が、完全に小田プロとプーアール社が仕組んだ島田かれんのためのプロモーションでしょ？　同時受賞者なんて、いわば刺身のツマ。育ててもらえているわけがありませんよ。今も書いているとは到底思えないなあ」

「あからさまな出来レースなのに他の受賞者なんて必要あったのかな？　もしかして、その相田とかいうのも、かれんの事務所に雇われたカモフラージュだったりして」

プーアール社が格下の中堅出版社であるだけに、こき下ろし方に容赦がない。いずれも大手の編集者特有の皮肉っぽい微笑を浮かべ、そこにいる大樹のことなど忘れ、噂話に花を咲かせている。

東十条は思わず、傍らの白い顔を盗み見る。うっすらと笑みすら浮かべて佇んでいる彼女は、当事者とは思えない落ち着きぶりだ。東十条はだんだん不安になってきた。もしかして、彼女は本当に何の関係もない、ただのメイドなのではないだろうか。こちらの気持ちを見透かすように、女はにっこりと笑いかけてきた。

「相田大樹さんって、随分可哀想《かわいそう》な作家さんなんですね。こんなに知られていなくて、作家って言えるんでしょうか？　ひょっとすると彼女、皆さんのおっしゃるようにもう小説なんて書いていないんじゃないんですか。この会場にいる編集者さん、誰一人として彼女の顔も名前も覚えていなかったりして」

東十条は言葉に詰まって咄嗟にシャンデリアを仰いだ。会場にひしめく有名書店員、編集者、書評家。多忙な彼らの視線が向いているのは、いずれも売れっ子といわれる作家ばかりだ。中途半端《はんぱ》な賞でデビューした大樹のことなど気にする者は確かに誰一人としていない。デビュー以来、常に出版界のトップを走ってきた東十条は、無名の新人作家がここまで冷遇されているなんて、考えてみたこともなかった。

「東十条先生、申し訳ありません。私、仕事があるんです。もう、お暇《いとま》してもよろしいでしょうか？」

大樹は盃を手に、こちらを見上げている。口調は丁寧だが、どこかに嘲《あざけ》るような色合いが感じられた。何も持たない小娘のくせに、どうしてこう、こちらの気持ちを逆撫《さかな》でするのだろう。東十条はやっと我に返り、思い切り彼女を睨みつけた。

このままでは、またしてもやられる。逃がしてなるものか。確信があるのだ。今は無名でも、必ずこの女はのし上がる。そう遠くない日に自分を脅《おびや》かす存在になる。

『小説ばるす』に連作で発表している青春小説を読んだ時から、東十条はいっそうの警戒心を強めていた。確かにまだ筆力は追いついていないものの、発想には目を見張るものがあるし、何より登場人物の心の襞《ひだ》まですくい取るような描写力ときたら。加えてこの異常なまでの意志とハッタリ。危険な芽は早くに摘みとらねばならない。

「先生？」

いかにも無邪気そうに首を傾げている大樹を見つめるうちに、東十条は叫び出しそうになった。そうか、あの男がいるじゃないか！　彼女が彼女であると証明できる唯《ゆい》一《いつ》の人物。

「いいか、お前の化けの皮を剝《は》いでやる。覚悟しとけよ！」

舌なめずりせんばかりに、再び大樹の腕を摑むと、人混みを分け入ってズンズンズンと進んでいく。見ていろよ。ふてぶてしい表情で引きずられるままになっている彼女を、東十条はぎらついた目で見つめた。この女が涙ながらに許しを乞《こ》う姿を想像するだけで、体中の血が熱く煮えたぎるようだった。

3

これぞという作家には抜け目なく名刺を渡してアポイントを取り付けたし、人前に出ないことで有名な大御所と久しぶりにグラスを交わした。一年に数回あるかないかの華やかな席なのに、遠藤の心は晴れなかった。社にゲラ読みの仕事を残してきているとはいえ、こうして一次会で引き揚げるくらいだ。会場を後にし、エスカレーターで一階に向かっていても、相田大樹、いや後輩の中島加代子のいつになくしょげた顔がどうしても頭を離れない。

ふかふかの絨毯《じゅうたん》を踏みしめ、広いロビーを横切ると、エントランスから生暖かい夜風が吹き込んできた。夏が始まる直前のあの甘くだるい香りに、遠藤は十年以上前のサークルの夏合宿を思い出していた。

加代子はあの頃と少しも変わらない。不器用そうに見えて、実は誰よりも抜け目がない。自分のことしか考えていないくせに、変なところでお人好《ひとよ》しだ。一見頼りないが、決してあきらめるということがない。無名とはいえ、作家になる夢をちゃんと叶《かな》えた努力と情熱は、後輩ながらあっぱれと思う。なにより、彼女の書く拙《つたな》い小説は、どういうわけか遠藤の胸を打つ。

それに引き換え、自分はどうだろう。上からの圧力に負け、才能ある新人の単行本デビューを先送りにしてしまうなんて。芸能プロが出版界に強い力を持っているのはもちろん承知しているつもりだが、小説の世界はそうしたしがらみとは無縁であるべきなのに。誰にでも開かれていて、無限の世界に誘ってくれる小宇宙。幼い頃からどれほど物語に救われてきただろう。小学一年生の頃、両親の離婚を乗り越えられたのは『ヘンリーくんとアバラー』のおかげだった。あの頃、夢見ていたような、ヒョウのようにしなやかで強靭《きょうじん》な編集者になったと言えるのだろうか。今の自分は、そろそろ腹も出てきた三十四歳の平凡なサラリーマンでしかない。

いつになく惨めな気持ちを噛みしめながら、ホテルを後にしようとしたその時だ。

「遠藤くんっ、文鋭社の遠藤くんっ、待ちたまえっ」

聞き覚えのあるバリトンボイスに振り返ると、なんと東十条宗典が加代子の腕を摑んでずんずんとこちらに向かってくるところだった。遠くからでもはっきりとわかるほど、顔を真っ赤にし眉間《みけん》に皺《しわ》を寄せている。普段の取り澄ましたドンファンぶりはどこへやら、頭から湯気を出しそうな勢いだ。

「東十条先生、もうお帰りでいらっしゃいますか？　ご迷惑でなければ車でお送りしましょうか？」

内心はらはらしつつも、遠藤はいつものように穏やかな笑みを浮かべてみせた。ちらりと加代子に視線を向けると、何やらワンピースにクロスを巻き付けている。ロビーを行き交う華やかな客達の中にあって、その姿はなんとも珍妙だが、遠藤はすぐに事情を呑《の》み込めた。

――またメイドの芝居かよ。

「相田大樹は君の担当作家だったな。さらに、相田大樹は君の大学の後輩だったな」

「あ、はい……」

「顔を見間違うということはあるまいなっ。この女は、相田大樹なんだろう。さあ、答えたまえ。遠藤くん」

言うなり、東十条は加代子を遠藤の前に突き飛ばした。彼女はこちらと目が合うと、救いを求めるように大きく瞬《まばた》きをした。た、す、け、て――。モールス信号のように、加代子の願いはまっすぐにこちらの胸まで届いた。しばらく躊躇《ちゅうちょ》した後で、遠藤は心を決め、精一杯のんきな声音でこう告げる。

「いやー、この方は相田大樹さんではありません。まったく似ても似つきません」

まるで陸《おか》に打ち上げられた魚のように、東十条は口をパクパクさせ、目を見開いている。血圧が上昇しているのがはっきりと伝わってきて、遠藤は柄にもなく同情してしまう。

「そんなわけはないっ。確かに山の上ホテルで私の執筆の邪魔をした女はこいつだっ」

「いや、先生。何度も申し上げますように、そのメイドさんが相田大樹である証拠はどこにもないでしょう。それに――」

遠藤は加代子のはち切れそうなワンピースのラインにさっと視線を走らせた。

「相田大樹さんは大変ほっそりとした華奢《きゃしゃ》な女性です。眼鏡がよく似合う、知的なショートカットの美人。彼女とは別人ですよ。こんなにぷくぷく太っていない」

咄嗟に、自分の初恋相手の姿をそのまま口にする。小学一年生の頃、担任だった高《たか》柳深月《やなぎみづき》先生。クラスになじめず、内向的だった自分に本を読む楽しさを教えてくれた。今頃、どこで何をしているのだろう。

加代子はほんの一瞬だけ口惜しそうに顔をしかめたが、すぐに唇の両端を強く引き上げる。猫のようにしなやかな動きで、東十条の腕を逃れていった。

「というわけで、完全な人違いでしたね。じゃあ、私、もう仕事に戻らないと」

加代子は遠藤にだけわかるように、右手を後ろに回して小さくVサインをしてみせた。やれやれ、これで完全にこの女の共犯になってしまった。東十条宗典を敵に回すなんて、我ながらなんという命知らず。まあいい。こうなれば、加代子と一緒に地獄に堕《お》ちるまでだ。それに、デビューを先送りにした罪滅《ほろ》ぼしが多少なりともできた気がして、ほっとしてもいる。

「そんな……。まさか……」

東十条はふらふらとロビーの隅のソファまで歩いていき、どさりと腰を下ろす。苦しげに胸元のチーフを抜き取ると顔を扇《あお》ぎ、タイを緩め、彼は大きくため息をついた。こうなると、文壇きってのプレイボーイもくたびれた初老の男にしか見えない。

その様子をじっと見下ろしていた加代子が、ふいに声をかけた。

「東十条先生、お詫《わ》びに一杯おごっていただけませんか?」

遠藤はぎょっとして、彼女の横顔を見た。右側の頬だけ柔らかく持ち上がり、笑窪《えくぼ》がきゅっと窪んでいる。加代子が何か企《たくら》んでいる時の癖だった。おいおい、今度は一体何を考えているんだ。嫌な予感で胸がいっぱいになりつつも、遠藤はわくわくする気持ちを抑えられない。

「仕事はいいのかね……。君」

東十条はかすれた声で尋ねた。加代子は返事の代わりに腰のクロスをするりと抜き取ると投げ捨てた。シニヨンにしていた髪を勢いよく放つと、豊かな黒髪が肩にふんわりとかかる。

「ええ、どうせアルバイトですし、あのようなパーティーから途中で抜け出してしまった以上、チーフに厳しく叱《しか》られるのは目に見えています。どうせクビでしょう。ね、先生、私、先生が普段行くような銀座の高級クラブでお酒を飲んでみたいな。いいでしょう?」

甘えたように東十条の腕を取り、よいしょ、と立ち上がらせる加代子は、見たこともないほど艶《つや》っぽい微笑を作っている。「気色悪《きしょくわる》」と、遠藤は思わず目を逸らしてしまった。

「君の名前は?」

東十条はようやく気を持ち直したようだ。襟元やチーフを素早く直し、表情を引き締め、信じられないことに電光石火の速さで加代子の肌や髪に視線を走らせているではないか。遠藤は心底あきれた。このじいさん、本当に女なら誰でもいいんだな。

「白鳥……、白鳥氷《しらとりこおり》です」

しゃあしゃあと出まかせを口にし、加代子は東十条の腕にぶら下がらんばかりだ。

「変わった名だな。でも、悪くない。では、私のなじみのクラブでご馳走するとしよう。迷惑をかけたお詫びと、仲直りの意味を込めたとびっきりのシャンパンをね」

「わあ、素敵。実は私、東十条先生にずっと憧《あこが》れてて……。デビュー作から全部読んでいるんですよ。小説家を目指してるんです」

「ははは、それは去年聞いたよ」

こちらの存在などすっかり忘れたように、二人はもつれ合いながらエントランスへと向かう。遠藤は丸めたクロスを手にしたまま、後ろ姿をぼんやり眺めた。加代子のオヤジ転がしの的確さに舌を巻いていた。いや、自分も少しは見習うべきかもしれない。

主役を張るほどの華はないが、とにかく勘がよく、アドリブが上手《うま》いのが演劇サークル時代の加代子だった。加えて彼女の根性と体力ときたら。そうそう、一番驚かされたのが、夏休みの「デ・ニーロ合宿」だろう。あの時の加代子は、まさに名優ロバート・デ・ニーロも真っ青の……。そこまで考えて、遠藤は思わずクロスを手から落とした。

そうか、その手があったか。入り口から吹き込んだ夜風がクロスを丸めて絨毯の上を転がしている。それは、飛び立つ寸前の鳥のように見えた。

4

淡い飴色《あめいろ》の照明はさほど広くない店内に妖《あや》しさと奥行きを与え、ここが外界から切り離された小さな極楽浄土《ごくらくじょうど》であるかのように思わせてくれる。ピアノの調べに耳を傾けながら、ホステス達の髪の艶がぼんやりと浮かび上がる様を眺め、ゆったりとウイスキーの氷を転がすだけで、東十条宗典は心からくつろいだ気持ちになった。

　二十年来の行きつけの老舗クラブ「ジレ」は、銀座並木通りの七階建てビルの最上階に位置している。選《よ》りすぐりの美女を集めた、座るだけで五万円は取られるこの店は、不景気をまったく感じさせず、今夜も企業の重役や大物芸能人や文化人らがずらりと顔を揃えている。白鳥氷のような娘は場違いもいいところだが、物珍しそうに店内を見回す様は、東十条の自尊心をひどくくすぐった。贔屓《ひいき》にしているホステスの絵《え》里子《りこ》が水割りを作る仕草や和服の着こなしを、先ほどから大げさに褒めそやしている。

「わあ、絵里子さんって女優さんみたいっ。あ、あそこに座っている人、ワイドショーでよく見る俳優さんですよねっ。わあっ、生演奏まで聴けるなんてゴージャス！　こんな夜を過ごせるなんてなんか夢みたい……」

　七つのソファ席にぐるりと囲まれたグランドピアノは、漆黒の輝きを放っている。東十条のお気に入りである「酒とバラの日々」を演奏するロシア人の女性ピアニストは、ホステスとしても十分通用するであろう。プラチナブロンドにロングドレスからこぼれんばかりの雪のように白い豊満な肉体を誇っている。

「ははは。小説家を目指しているのなら、夜の世界はよく見ておいたほうがいい。いつか小説に書くといいかもしれないな。ここには男女のすべて、いや、人生のすべてが集約されているのだからな」

「はいっ、必ず！　目を皿のようにして、よく勉強させていただきますっ」

「今日は人違いしたお詫びだ。好きなものを頼みたまえ」

「はいっ。こんな機会、一生に一度あるかないかですもの」

氷はにっこり笑うと、白い喉《のど》を見せてウイスキーの水割りをすいっと飲み干した。ピッチが速い。もう何杯目だろう――。正直、これほどまでに酒が強いとは思っていなかった。支払いがふと不安になり、東十条はそんな自分にかすかに嫌気が差した。仕方がない。この数年、急激に本が売れなくなってきている。東十条だけではなく、大御所の作家すべてに言えることだ。一時期のような無茶な飲み方は到底できない。それでも、文壇の権威として、ジュースのように酒を飲む娘に、やめろ、とも言えない。まったく、女の最低限のサービス精神として、せめてホロ酔いぐらいで抑えることはできないものか。

酒豪で有名な東十条ではあるが、先ほどのパーティーで編集者相手にグラスを重ねたせいもあり、いささか頭がぼうっとし、瞼が重たくなりつつある。

いや、負けるものか。足腰立たなくなるまで飲ませる気はさらさらないが、どこかに連れ込めるくらいには酔わせるつもりだ。大勢の前で恥をかかされ、このまま帰すわけにはいかない。相田大樹とは別人だ、と遠藤は断言していたが、完全に信じたわけではないのだ。この跳ねっ返り娘が、頬を桜色に染めしっとりと瞳《ひとみ》を潤《うる》ませてこちらに体を預ける様を思い浮かべると、ぞくぞくしてくる。東十条は絵里子の腰を抱き寄せ、彼女用の水割りは酒の分量を増やすように、と耳打ちした。絵里子がかすかに軽蔑《けいべつ》したように眉《まゆ》をひそめたが、知ったことか。

「ねえねえ、東十条先生。この氷はね、有楽町のガード下の有名な氷屋さんからの特注品らしいんですよ。さっきボーイさんに伺ったの」

ほとんどストレートのウイスキーを平然と口に含みながら、氷は得意そうに言った。

「その氷屋さんは、この辺りの高級飲食店すべてに出入りしているんですって。ねえ、もしさっきの帝国ホテルの白鳥細工の氷も卸《おろ》しているとしたら……。面白くないですか？　同じ氷が片や銀座のクラブの水割りの中に、そして片や文学賞パーティーの美しいオブジェに……。なんだか人の運命みたいじゃないですか。もとは同じ水なのに、どこでどう道が分かれちゃったんですかねえ」

「わあ、面白いお嬢さん。詩人ね。きっとあなた、いつか有名になるわ。どこかの誰かさんと違って見せかけだけじゃない本物の文豪にね」

普段はひんやりとした美貌《びぼう》を崩さない絵里子が、氷に向かって親しげに微笑んでいる。この間、同伴をしぶったあてつけか。こちらと目を合わすまいとするように、さりげなく和服の肩をねじっているのが、しゃくにさわる。

「いえいえ、私なんて全然……。ねえ、東十条先生、輝ける人と輝けない人の違いって一体なんだと思います？」

「そりゃ、もちろん、才能の差だろう。努力の差ともいえるが……」

しゃべるのが億劫《おっくう》で、気の利《き》いたことを口にできないのが口惜しい。こちらの様子にお構いなく、どんどんいい気になって演説する氷に、なんだかエネルギーが奪われていく。

「私はそうは思いません！　現に才能があって努力しても、一生スポットが当たらない人間はたくさんいる。そして、なんの力もない人間が、コネや政治のおかげで表舞台に立つことができる。本当にこの世は不公平。でも、そんな既存のルールに負けちゃいけないんですよ」

唾《つば》を飛ばさんばかりに一息にしゃべると、彼女は突然すっくと立ち上がった。

「スポットが当たらなかったら、スポットの前に飛び出せばいい。そう、それが成功する最速のルール！」

ひらひらと舞うような足取りで、氷はグランドピアノに向かって進んでいく。咄嗟のことで、止めることさえできない。ざわめいていた店内が静まり、突然グランドピアノの前に飛び出した氷に視線が集中する。氷がピアニストになにやら耳打ちすると、彼女は面白そうな顔でうなずき、姿勢を正して鍵盤《けんばん》に指を置き直す。駆け寄ってきた黒服が、どういうわけか氷にうやうやしくマイクを差し出した。まるで女王様のように彼女はそれをゆっくりと手に取った。

恥をかくだけだ、やめろ——。そう声に出しかけて、東十条は息を呑む。流れ出したピアノの調べは、大好きなあの曲ではないか。まずい、まずい、あの女の思う壺《つぼ》、とわかってはいても、ゆっくりと毒が回るかのように、切ないメロディが体中に染《し》み渡り、戦意が奪われていく。白鳥氷は目を細め、たっぷりと抑揚をつけて歌い出した。

しのび会う恋を　つつむ夜霧よ
知っているのか　ふたりの仲を

『夜霧よ今夜も有難う』は団塊世代にとっては特別な曲だ。青春、いや人生そのものと言ってもいい。歌い出しだけで、たくさんの出会いと別れが蘇ってきて、息苦しいほどだ。現に店中の、海千山千の各業界のトップらも、胸を打たれたかのように、氷の歌声に聴き惚《ほ》れている。

晴れて会える　その日まで
かくしておくれ　夜霧　夜霧
僕等はいつも　そっと云《い》うのさ
夜霧よ今夜も有難う

それにしても、ああ、なんといい声だろう。甘くハスキーではかなく、それでいてこちらを温かく包むような母性を持っている。隣のテーブルの、あくどいやり口で知られる不動産屋社長までが鼻水をすすっているではないか。あの時代をともに生きた同志として、エールを送りたい気分だ。氷をどこかへ連れ込むことなど、もはやどうでもいい。この素晴らしい歌声にずっとずっと酔いしれていたい。
東十条はより深く歌声を味わうために、軽く目を閉じた。白鳥氷よ、ありがとう。

目が覚めた時、氷の姿が見当たらない上、彼女が店のウイスキーをあらかた飲み尽くした、と酷薄そうな顔つきの絵里子から高額な支払いを請求されることを、この時の東十条宗典はまだ知らない。

5

最初は二本。今回は五本。あの森村誠一《もりむらせいいち》よりも「木」が多いなんて、どこまで売れる気まんまんなんだろう。遠藤はステージ上の横断幕に大書された彼女の新しいペンネームを見つめ、笑いを噛み殺した。

司会の女性が選考委員の一人である大物女性作家からマイクを引き継いだ。

「それでは続きまして、本日のヒロイン、第八十八回　小説ばるす新人賞受賞の有森《ありもり》樹李《じゅり》さんからのスピーチです」

大きな拍手とともに、希望で輝くばかりの新人作家が舞台袖から姿を現した。ほっそりした華奢な体に、ワンショルダーの紺色のドレスをさらりとまとい、赤く染めたショートカットに羽根のイヤリング、黒縁眼鏡をかけた彼女は、作家というより海外で活躍する映像アーティストのようだ。帝国ホテル富士の間の隅々にまで響き渡る、凜《りん》とした声で彼女は語り出した。

「皆様、初めまして。有森樹李です。どうぞよろしくお願いします。まず最初に、選考委員の皆様、そして私をずっと支え続けてくれた家族や仲間に心から感謝します。そして、担当編集者の遠藤さんにも――」

ここで樹李は、大勢の出席者の中から遠藤を見つけ出し、軽く目を細めた。華やかな舞台に少しも気後れしていない様が、作家としての輝かしい未来を予感させた。

「受賞作『氷をめぐる物語』は、有楽町の氷屋さんを舞台にしたオムニバス小説です。氷の視点から様々な人物や場所を描いた作品ですが、下積み時代に私が日々感じていた理不尽や悲しみをそれぞれの氷のキャラクターになぞらえたつもりです。同じ水から誕生したのに、こんなふうに帝国ホテルの白鳥として輝ける氷もあれば、スナックでかち割られる氷もある。銀座のクラブで美しいホステスさんの手によって水割りになる氷もありますね」

樹李はそう言って悪戯《いたずら》っぽい視線を、バイキング料理の並んだテーブルに向ける。そこには去年と変わらず白鳥の氷細工が鎮座していて、会場にどっと笑いが起きた。堂々とした話しぶりにそこにいる誰もが魅せられている。

「輝ける人と輝けない人、その差は一体なんなのだろう。ずっとそのことばかり考えていた私でしたが、この小説を書くうちに気持ちが吹っ切れたのです。そう、誰かに選んでもらうのが人生ではない。光を浴びたければ、自らがスポットライトの前に走っていけばいいのです」

　今まさに、樹李はステージの上で無数のフラッシュを浴び、悠然と微笑んでいる。一年前、この会場で泣きべそをかき、誰からも相手にされずに、ひたすら蟹《かに》だの海老《えび》だのをむさぼり食っていた彼女とはまったくの別人。ここまで辿《たど》り着いた彼女の努力を思うと、遠藤は喉に熱い塊がこみ上げてくるのを感じていた。その時、それこそ氷のように冷たく尖《とが》った声がした。

「あの女が、相田大樹なんだろう?」

　もう何度となく繰り返された質問にうんざりしながらも、一応大御所作家であるからして、仕事用の笑顔を作って振り返る。改めて見ると、この一年で東十条宗典は急激に容色が衰え、一回り小さくなったかのようだ。仕立ての良いツイードのスーツもどことなくくたびれて見える。新聞連載小説が単行本にまとまったものの、思ったほど売れ行きがよくないせいか、あるいは女性蔑視発言のせいで、レギュラー出演していたワイドショーを降板させられたせいか。あの時のネットや雑誌での叩かれ方は普通ではなかった。

やれやれ、老人の相手をするのも骨が折れる。遠藤はしぶしぶ用意した台詞《せりふ》を口にする。

「そんなわけないでしょう。彼女はとっくに筆を折り、故郷に帰りましたよ。可哀想な作家です。才能はあったのにスポットライトを浴びることのないまま退場……。光を浴びることができるのは、先生を含めたごく一部の選ばれた人達だけなんでしょうねえ……」

「しらばっくれるのもいい加減にしろ！『氷をめぐる物語』の銀座のクラブの場面……。書評家に絶賛されたあのきらびやかで刹那《せつな》的な描写は、私が連れて行った『ジレ』そのものだ！　くっそう、人の好意までネタにしおって！」

余裕のまったくないしわがれ声で、東十条はこちらを遮った。

「あの女が白鳥氷、いや相田大樹なんだろう？　君は自分が何をやったか、わかっているのか。新人賞を二回は取れない。業界のルールを破ってまで、どうしてあんな小娘を守ろうとするんだね？」

信じているからに決まっているじゃないか――。摑《つか》みかからんばかりの東十条をやんわりと押し返し、遠藤は微笑みかける。

「先生ったら、面白いことおっしゃるなあ。僕が彼女に初めて会ったのは受賞が決まってからですよ。ほら、見てくださいよ。先生が相田大樹だと疑っていた氷さんとやらと、似ても似つかない綺麗《きれい》な方じゃないですか。では、僕は用事があるのでこれで」

踵《きびす》を返して足早にその場を後にした。

「まだ、話は終わってないぞ！　あの女をこのままのさばらせておくか！　今に見てろ！　勝負はまだついちゃいないんだ！　有森樹李は私が必ず潰《つぶ》す。必ずだ！」

東十条のわめき声が背中を追いかけてくるが、もうそんなことに構ってなどいられない。これぞという大手出版社の重役、有名書評家や書店員に、樹李を売り込まねばならない。担当編集者の大切な役割だ。

別人になることを、樹李こと中島加代子に提案したのは遠藤だった。

――大学の頃の「デ・ニーロ合宿」を覚えているか？　あれと同じことをやるんだ。外見とペンネームを変えろ。別人として再デビューするしか、もうお前に道はない。

役に合わせて体形を自在に変えるロバート・デ・ニーロを目指した「ダイエット合宿」。もちろん、サークルの部長がふざけて提案した過酷なスケジュールを真面目《まじめ》に行う者はおらず、飲み会ばかりの四泊五日だった。そんな中、加代子だけは真剣に取り組み、わずかな間に恐るべき減量に成功し、雰囲気までもがらりと変えたのだ。おかげで彼女は合宿最終日のオーディションで、見事『シカゴ』のセクシーな悪女、ヴェルマ役を射止めたっけ。まあ、文化祭の公演時には、元のぽっちゃり体形に戻っていて、なんだか妙ちきりんな舞台になってしまったけれど。短期間の力業《ちからわざ》には誰もが度肝を抜かれたものだった。

もちろん、遠藤が与えたのはアドバイスだけだ。ペンネームを変え、まったくの振り出しに戻り、一から小説を書き始めたのは加代子のたくましさだった。まさか小説ばるす新人賞に応募するとは思いもしなかったけれど。まあいい。これからも彼女をサポートするのは、この俺だ。あのじゃじゃ馬を乗りこなせるのは、出版界広しといえども、この遠藤道雄だけ——。晴れやかな気持ちで再びステージ上の加代子に視線を注ぐ。

白鳥の氷細工がシャンデリアのきらめきを受け、こちらに向かってウインクしたかに見えた。

第三話　私にふさわしいワイン

1

視界を遮るものは何もない。

夏の夕暮れのとろりとした空気と、猛暑との戦いに疲れた生ぬるい水が解け合って、もはやどこからがプールかよくわからない。まるで黄金色の蜜《みつ》の中にゆらゆらと漂っているような怠惰な快楽が病みつきになりそうだ。お盆を過ぎたホテルニューオータニのプール「マイタイ」に私の他に客の姿はなかった。大きな浮き輪に横たわり、何をするでもなく、色づいていく空を眺めながら、かれこれ一時間もプライベートビーチ気分を堪能《たんのう》している。日本庭園から聞こえてくるひぐらしの鳴き声が心地良く、ここが東京だなんて思えない。スポーツカーを飛ばして都会の喧噪《けんそう》から逃れてきた安井《やすい》かずみの気分だ。

ああ、私だけがこんなに満ち足りていていいのだろうか？

幼い頃から、夏の終わりは自分が持っていないものを指折り数え、人生が目減りしていくことに焦燥を感じて涙ぐんだものだけれど、今はこのプールの水面のごとく心穏やかだ。「優雅な生活が最高の復讐《ふくしゅう》」とはよく言ったもの。こうしてプールを漂っているだけで、今までのロスタイムをすごい勢いで取り返し、私を莫迦《ばか》にしてきた連中一人ずつにアカンベーをしている気分である。可哀想《かわいそう》な中島加代子、いや可哀想な相田大樹というべきか。売れっ子と出版界に呪詛《じゅそ》を唱え続けた無名作家はもうどこにもいない。処女作『氷をめぐる物語』で文鋭社主催の権威ある小説ばるす新人賞を受賞し、今年の初めに出版されたその本はまだ版こそ重ねていないものの、プロの読み手からこぞって絶賛された。刊行後、声をかけてきた出版社はなんと全部で十一社。本来のデビュー元であるプーアール社までが、私と気付かずにコンタクトを取ってきたのだから、もう笑いが止まらない。

現在『小説ばるす』に連載を持ちながら、二作目の長編書き下ろしに取りかかっている。今のところは文鋭社以外の仕事をする余裕はないのだが、来年の十月までスケジュールはぎっしりだ。

絶好調なのはプライベートも同様だった。

『氷をめぐる物語』を書くにあたって、大手酒造メーカー、株式会社モレシャンに飛び込みで取材した。広報窓口として親切に対応してくれた、錦織聡一郎《にしきおりそういちろう》さんとはそれがきっかけになって個人的に会うようになり、三ヶ月前から本格的にお付き合いすることになった。三歳年下の二十九歳。若い頃の加藤和彦《かとうかずひこ》によく似た、日本人離れした洒落者《しゃれもの》のハンサムなのに、少しもおごり高ぶったところがない。愛読書はフィッツジエラルドと片岡義男《かたおかよしお》。趣味はワインとテニス。育ちの良さそうな人だなあ、と好感を抱いていたので、モレシャン社の跡取り息子と知った時もさほど驚かなかった。ああ、気持ちを打ち明けられた時の、彼の真摯《しんし》な表情を思い浮かべるだけで、にやにやしてしまう。

——社長の息子だからといって、世間知らずで居ていいはずがないよね。時機が来るまで、平社員としてあらゆる部署を渡り歩いて勉強させてもらっているんだ。

——君は普通の女性と違う。いつでも大きな夢を追いかけていて、それを叶《かな》える力を持っている。元気で楽しくて自由で、なにより嘘《うそ》がない。小説を読むのは昔から大好きだし、加代子ちゃんの隣にいるだけで、自分が父の名から解き放たれて、一人の人間になれる気がするんだ。よければ、結婚を前提にお付き合いさせていただけないかな。

こうしている今も、彼はスイートルームでボジョレーヌーヴォーキャンペーン販促の企画書をまとめながら、私の帰りを待っている。長い休みが取れない彼に無理のないよう、都内のホテルでヴァカンスを楽しむことを提案したのは私だ。ああ、歴代の恋人達と比べたら、聡一郎さんは白馬に乗った王子様だ。夢追いフリーターか、知識だけのニート野郎。思い出しただけで身震いがする。よくもまあ、あんな男どもでこの気鋭の作家・有森樹李が満足してきたものだ。

理想的な恋人に釣り合うくらいの魅力が、今の自分にあるのも喜ばしい。再デビューのために減量した体形は今なおキープできている。映画『クレージー黄金作戦』の浜美枝《はまみえ》を意識した、オレンジとピンクのミニコサージュで覆《おお》われたビキニとお揃《そろ》いのスウィムキャップがよく似合っているはずだ。ニューオータニ名物のスパ「サロンデ　エステ」のおかげで、肌も髪もこの上ないほどすべすべしていた。

小説ばるす新人賞というブランドのせいか、どの編集者もお姫様のように扱ってくれる。プーアール社でデビューした頃のぞんざいな扱いが嘘のよう。大手ともなれば、打ち合わせと称してびっくりするような有名店やお洒落なレストランに連れて行ってくれる。出版不況だなんて信じられない。

単行本を出版する前は大手の編集者なんて冷血人間としか思えず、一様に憎悪《ぞうお》していたことを、私はひどく恥じた。本を作るために身を削っている彼らに対して申し訳ない思いでいっぱいになる。ああ、人間、苦労なんてするもんじゃない。性格が歪《ゆが》むだけだ。

とりわけ頻繁に会っているのが、秀茗社《しゅうめい》のベテラン編集者、門川響子《かどかわきょうこ》さんだ。先週など、直林賞候補者が「待ち会」に使うことで有名な、銀座の高級ワインバーに連れて行ってもらった。よく手入れされた長い髪をかき上げ、大きなグラスをくるくる回しながら、とろけるような賞賛をごく自然に口にする彼女は、女神に思える。仕立ての良いパンツスーツと大ぶりアクセサリーのバランスが絶妙で、四十五歳とは思えないほど美しく若々しい。目尻《めじり》の皺《しわ》さえなんともセクシーだ。

――有森先生でしたら、このまま普通に書き続ければ、直林賞受賞は確実です。いつか、日本の出版界の重鎮と呼ばれる大作家になるんでしょうね。

先生だなんて呼ばれるのは生まれて初めてで頭がぼうっとしてしまう。二度の離婚を経て現在シングルマザーである彼女の、華やかな恋愛遍歴を聞くのもわくわくした。「作家なんですから、結婚も出産も離婚も女の人生はフルコースで味わったほうがいいですよ。恋愛もたくさんなさらないと」なんて台詞《せりふ》もさらりと言ってのけるのだ。もはや編集者というより、憧《あこが》れの女友達というほうが正しい。明日の夕食の席では、聡一郎さんを紹介する予定だ。

この先、この身になんの不幸も起きる気がしない。富と名声と愛。ついに私は私にふさわしい居場所を手に入れたのだ。もう決して手放すまい。うっとりと目を細めた瞬間、唐突に青空とプールとが反転した。鼻と口にカルキ臭い水がごぼっと流れ込み、頭が真っ白になる。はるか遠くにこちらを覗《のぞ》き込む何者かが見えた。無我夢中で手足をばたつかせ、水面へと近づくにつれ、プールサイドでゆらゆらしていた顔が次第にくっきりと輪郭を持ち始めた。

「信じられない、遠藤先輩、私が泳げないの知っているでしょっ!!」

水面に顔を出すなり怒鳴ったが、鼻に水が入ったせいで、フガフガとしか発声できない。遠藤先輩はにこりともしないで、こちらを見下ろしている。シャツの袖《そで》をめくり上げ、どこで見つけたのか、モップの柄を握りしめていた。これで浮き輪を強く押したのだろう。

「間違っているところが多過ぎて、どこから注意すればいいか迷うんだけど」

遠藤先輩は皮肉っぽく片頬を持ち上げた。

「その水着のセンス、ひってえな。もう三十三歳だろ？　引くわー。今の男は注意してくんねえの？」

なんとか浮き輪に摑《つか》まって水際《みずぎわ》に辿《たど》り着き、下から先輩を思い切り睨《にら》みつける。

「まだ三十二歳です！　三十代はまだギリギリ女子でいいんです！」

「アハハ、ひょうきんなおばさんだな！　ほら、とっとと陸に上がんな、薄汚ねえ人魚姫！　なんで携帯繋《つな》がんねえんだよ。しょうがないから、文鋭社のエースが出来の悪い新人なんかのために、出来たてホヤホヤのゲラを持ってきちゃったじゃないか。そこのレストランで待ってるから二十秒で来い。こっちは時間がねえんだ」

そう言い放つと遠藤先輩はさっさと背中を向け、中二階のデッキへと続く階段めがけて走っていった。いつにも増してせかせかしている。

「ふん、大げさね。紀尾井町の文鋭社からこのホテルまで、歩いていいとこ、十分じゃないのさ」

ぶつぶつ言って手すりに摑まり、プールサイドに上がる。八月とはいえ、六時を過ぎるとやはり肌寒い。水を滴《したた》らせながらパラソル下のデッキチェアに向かい、ふんわりしたバスローブを羽織る。髪にタオルをぐるぐる巻き付け、お気に入りの籠《かご》バッグを手にした。

以前は慣れっこだった遠藤先輩のきつい物言いが、最近やけに腹立たしいのはやっぱり——。私は思わずくすっと笑った。そう、彼だけではなく他社の編集者とも付き合うようになったからだ。偏屈な夫一人しか知らなかった貞淑な人妻が、若く優しい美男子でいっぱいの村に放り込まれたようなもの、と例えたら品がないだろうか。

響子さんさえ味方につけていれば。美味《おい》しい食事やワインを栄養に、上質な物や素敵な人に囲まれて、自分らしく生きてさえいれば、絶対に売れっ子になれる――。そう思うと、文鋭社での面倒な仕事をとっとと片付けたくて仕方がない。

のろのろと階段を上り切ると、遠藤先輩はすでに席について腕時計を睨み、いかにも余裕のない様子でアイスコーヒーをガチャガチャかき回していた。私を見るなり、パンパンに膨らんだ牛革の鞄《かばん》から、ゲラを乱暴に投げ出した。思わず目を背けたくなるほどの激しさで、赤ペンで塗りたくられている。まるで血しぶきを浴びたみたい、と他人事《ひとごと》のように思って私が腰掛けると、遠藤先輩は早速切り込んできた。

「はっきり言って、今回は過去最高に粗《あら》いぞ。おまけに小手先で書いているのが見え見えで、心がない。てにをはレベルの赤字も多い。おい、こっちを見ろ。もともと低かったレベルが急激に落ちてる。おまけに、リアリティがなくてご都合主義ときた。デビューん時みたいに心の痛みを書けよ。この調子じゃ連載打ち切りもあり得るぞ。いいか、話聞いてんのか。まずヒロインの部屋の描写だけど、何畳のつもりで書いてるんだ」

恐ろしい形相で、機関銃のごとくまくしたてる遠藤先輩は、寝不足のせいか顔もむくんでいるし、目の下に醜《ひど》いクマができている。お世辞にも美しいとは言いがたい。

これ以上聞きたくなくて、私はやんわりと遮った。

「あのー、せっかくだし、ホテル内の『石心亭』で鉄板焼きでも食べながらのーんびり打ち合わせしません？　私、そろそろお腹空《なかす》いてきちゃって。それに、美味しいワインも飲みたいし……」

先輩はおもむろに新しいストローを取り上げて袋の口を千切ると、そのまま思い切り息を吹き込んだ。ストロー袋はこちらの顔の真ん中めがけて飛んできて、目つぶしを食らった格好の私は悲鳴をあげた。

「バッキャロー！　ろくな仕事もしてないのに、どの面《つら》下げて、出版社から金むしろうとしてんだ。お前なんかファミレス『さえずり庵《あん》』のグラス百円、デキャンタ百九十円の激安ワインで十分だっ」

「えー、ケチ……。それじゃ大学生ですよお」

黒縁眼鏡の奥がナイフのように鋭く光った。

「ははーん。お前、秀茗社の門川に接待漬けにされて、さっそく頭が腐ってきたんだろ」

「え……」

「あのプラセンタ女には注意しろ。バブル時代のマスコミ黄金期が忘れられない、タチの悪い高慢ちきだ。タクシー券ばんばん出してやたら高い物食わしてくれるだろ。あいつは作家との打ち合わせを理由にして、自分が贅沢《ぜいたく》をしたいだけだ。あの頃から出版界は何一つ変わってないと自分に暗示をかけるために、作家を利用しているんだよ」

さすがに言葉に詰まった。でも、響子さんがそんな人であるはずがない、と慌《あわ》てて頭を横に振った。遠藤先輩は彼女に個人的な恨みがあるとしか思えない。

「門川が頼むワイン、お前の原稿一枚分の値段の何倍だと思う。本当にいい編集者が、社の金を無駄遣いすると思うか？　あの女の豪遊に付き合わされ、スポイルされた新人を俺はもう何人も知ってるぞ。おまけにゲラを読まないことで有名だ。ろくに赤字も入れないらしいぞ。そうそう、あの女の愛読書をいつか聞いてみろよ。ド肝を抜く答えが返ってくるから」

いくら先輩でも言っていいことと悪いことがある。それに、女友達をなによりも大切にする私には、男の陰口は許せない。

「響子姐《ねえ》さんを悪く言うのはやめて！　彼女は私の大事な友達です！」

「友達だあ？」

これ以上はできないほど険《けわ》しく、遠藤先輩は額と眉間《みけん》に皺を寄せた。

「何ぬるいこと抜かしてんだ。編集者と作家は友達なんかじゃねえよ。ただの仕事相手だろうが。仲良しごっこしている暇があったら、血反吐《へど》を吐いてでも作品を書けよ」

私のことをそんなふうに思ってたんだ、とかなりショックだった。遠藤先輩と私との間には絆《きずな》のようなものがあると思っていたのに。唇を噛《か》みしめ、先輩を睨みつける。そっちがその気なら、もうどうでもいい。私にとって担当編集者ナンバー1は今日から、門川響子さん。先輩なんかお払い箱だ。シッシ！

こちらの様子にお構いなく、先輩は再びゲラに目を落とすと、いっそう厳しい口調でまくしたてた。

「重版をかけるまでは、誰がなんと言おうと、お前レベルは虫けら以下だ。いいか、時間をかけていいものを書くのももちろん大事だが、三冊目までに重版がかからなければ、うちとは完全に手が切れるから。今はとにかくコンスタントに作品を出すこと、一に重版、二に重版だ。ま、どの出版社でも同じことだがな。もっと危機感を持て、危機感を。こっちだって道楽でお前なんかと付き合っているわけじゃないんだ」

てっきり大手からデビューしさえすれば未来永劫《えいごう》、大手を振って作家でいられると思っていたのに。いきなりシビアなことを突き付けられ、息が苦しくなってくる。響子さんなら決してこんなことは口にしないのに。ああ、陸に上がるなり、ここまで辛《つら》い目に遭うなんて私、本当に人魚姫なのかもしれない。これまではどんなにきついことを言われても、何くそ根性でむしろガッツが湧《わ》いたものだけど、今の私は涙が滲《にじ》みそうだ。スイートで待つ彼の元にすぐに走っていきたい。王子様に抱きしめて優しく髪を撫《な》でてもらいたい。

「うわ、泣くんか？　だっせー」

心底げんなりした様子で、遠藤先輩は吐き捨て、勢いよく立ち上がった。

「いいか、お前が結果も出さずにちやほやされるのなんて、せいぜいあと半年だ。新作をさっさと出さないようじゃ、あっという間に忘れられるぞ。高級ホテルのプールで遊んで、人生あがった感を醸《かも》し出しているが、それはお前じゃなくてお前の男の力だ。現実をよく見ろ。貧乏なのに自腹で山の上ホテルに泊まってた頃のお前のほうがずっとずっと――」

彼の顔がとんでもなく憎々しげに歪み、私はぎくっとした。

「物書きらしかったぞ。じゃあな！　細かい指摘は全部書き込んであるからよく読め。三日以内にゲラを戻さないと酷い目に遭わせるからな。俺は今、人生の中で一番忙しいんだ！」

先輩は悲鳴のように叫び、伝票をひったくると回れ右をし、あっという間に姿を消した。

いつの間にか辺りは薄闇《うすやみ》に包まれている。卓上のキャンドルの灯が真っ赤なゲラを浮かび上がらせた。

なによ、せかせかしちゃって。あの神経質ヒステリー眼鏡。私は腹立ちまぎれに、ゲラを乱暴に籠バッグに投げ入れた。心の棘《とげ》を振り払うように、私は頭からタオルをむしり取り、夜風に髪をなびかせる。部屋に戻ろう。ゲラ直しは、明日から取りかかっても遅くはない。大丈夫、私には特別な運と才能があるんだもの。

さあ、今夜は彼と何を食べて、どんなワインを飲もうかしら、店は「トゥールダルジャン」か、それとも「リブルーム」か——。

2

むなしい。

どうしてこんなにむなしいのだろう——。もう小一時間も自分がプロデュースしたジョギングウェアの話ばかりする四十代の女優に、東十条宗典はワインのグラスを傾けながら曖昧《あいまい》な相槌《あいづち》を打っていた。麻のスーツにピンク色のシャツ、胸元にチーフという出《い》で立《た》ちは若々しく見えるに違いないし、障子《しょうじ》で仕切られた五畳足らずの和室は灯籠《とうろう》の柔らかな灯りに満たされ、皺や白髪さえ魅力的に浮かび上がらせるはずだ。それなのに悲しいくらい心は躍らない。新刊エッセイ『怠慢セックスのススメ』が五十万部を突破した祝いの席だというのに。予約が取れないことで有名な、麻布の会員制フレンチレストランの個室で、血の滴るステーキのフォアグラトリュフソースにシャトーマルゴーを合わせ、テーブルの向かいには、胸元のぱっくり割れたドレス姿のとびきりの美女が妖艶《ようえん》な微笑を浮かべているのに。

もう自分にかつてのような創作意欲はない。

そのことをようやく認めた瞬間から、東十条の中で何かが消えた。以前のように食や女に夢中になれない。最近では安らかな眠りと静かな生活があればいいとさえ思うようになったが、もはやそんな場所はどこにもなかった。妻も遅くに生まれた一人娘も、家庭を顧《かえり》みなかった東十条にとっくに見切りをつけ、めいめいの人生を歩んでいた。

それどころか、大学一年生の娘は東十条と目を合わそうともしない。思い起こせば、思春期の頃から不仲は始まっていた。東十条の代表作となった不倫純愛小説を読んだ日から、娘は父親に対してはっきりと冷ややかな態度をとるようになった。作品が映画化され一大ブームになったせいで、「不倫作家の娘」として学校でも随分いじめられたと聞いている。しかし、東十条はそんな娘に声をかけることはなかった。子育てはすべて妻任《まか》せだったし、どこかで「作家の家族たるもの、それくらい耐えられなくてどうする」という驕《おご》りもあった。その結果、娘は大学生活の話一つしてくれない。

心の荒廃は、肉体をも萎《な》えさせていた。今年に入ってから、まだ一度も女を抱いていない。いや、抱くことができなくなったというほうが正しい。あの夜のショックは未《いま》だに忘れられない。これは自分の身に起きたことではない、まだまだ現役でいたい、という叫びで胸がひきつりそうだった。

――パートナーを導き、一直線にゴールに向かうことだけがセックスではない。寄り添って眠るだけで、女に優しく触れてもらうだけで、立派なセックスと言えるのだ。さんざん女に奉仕してきた熟年の男達よ。今こそありのままの自分を受け入れる時がきたのだ。「マグロ」になるのは男として恥ずべきことではない。何をして欲しいのか、堂々と女に要求しよう。あるがまま、自然体が一番の男らしさなのだ。

酒の勢いで担当編集者相手に口走ったことから、エッセイ化の話が持ち上がった。半ば捨て鉢で短期間で書き上げた『怠慢セックスのススメ』は、熟年男性の圧倒的な支持を得、大ベストセラーとなった。が、まったく嬉《うれ》しくない。本当は現状なんかに満足したくない。老いを認めたくもない。マグロや自然体など惨《みじ》めな言い訳もいいところだ。世の男どもよ、こんな主張に乗るなんて、情けないとは思わないのか？　そう考えると読者が憎くさえなってくる。

もっといい作品を、もっといい女を、もっといいワインを、とデビュー当時からひたすら上だけを目指し、批判も嘲笑《ちょうしょう》も恐れず、ひとりぼっちでがむしゃらに書き続けてきたのに。この先一体どうやって作家であり続ければいいのだろう。

誰かが自分にもう一度火をともしてくれないだろうか。誰でもいい。喜びでも欲望でも怒りでも、なんでもいいから強い感情が湧き起こるのを、大海原を見つめる漂流者のごとく、東十条はひたすら待ち続けている。

彼女こそはと目をつけたのが、今夜の相手だ。来年公開される東十条原作映画のヒロインを務める、女優の萌木志保子《もえぎしほこ》。四十代になる今も、少女のように華奢《きゃしゃ》な体に不似合いな、形のよい乳房と甘くかすれた声が世の中年男をとりこにしてやまず、恋愛スキャンダルに事欠かない。以前から強引にかき口説き、ようやく実現した逢瀬《おうせ》なのに、あからさまな若作りと高過ぎる露出のせいかどうも気をそそられない。女優として、もっと女のさりげない企《たく》みや知性を感じさせるべきではないだろうか。口をついて出るのは美容と買い物と思わせぶりな話ばかりで、そこらの女と変わらない。

「私、先生の『怠慢セックス』を読んで考え方を改めたの。これからはお疲れの殿方を、私のほうが癒《い》やしてさしあげなきゃいけないって。うふ、私ってちょっとMなのかしら。先生は見たところSっていう感じね。男の人にかしずく自分を想像するだけで、ああん、もう……。いやん、私ってばとんだ変態ね。ねえ、先生、今度花魁《おいらん》の役なんてやってみたいんだけど。そんな小説お書きにならない？」

ねっとりと流し目を送られても、興ざめしている自分がいる。以前ならギャルソンを呼びつけてデザートを取りやめにし、一目散にザ・リッツ・カールトン東京にでもタクシーを飛ばしたところだろうが。ふいに密室が息苦しく感じられ、シャツの襟元を緩めたくなる。彼女の香水がきついせいだけではなさそうだ。そろそろ薬を飲む時間だが、アヴァンチュールのさなかに数種類の錠剤と粉薬を広げるほど、東十条は野暮ではない。

「すまない。ちょっと失礼するよ」

そう言って、個室を後にする。赤絨毯《じゅうたん》の敷き詰められた細い廊下で一人佇《たたず》み、ほっと肩を落とし、のろのろと歩き出す。

戦前に建設された領事館を改装したこの店は地下に広がっている。無数の個室を結ぶ廊下が血脈のように入り組んでいるため、油断していると方向感覚を失ってしまう。東十条も常連になってようやく、迷わずに歩けるようになったほどだ。ふいに、目の前の障子が横にすっと引かれ、携帯電話を右耳に押し当てた女が姿を現した。思わず「あ」と声をあげる。驚いたのは彼女も同じと見えて、障子を閉めることも忘れてぽかんとこちらを見つめている。相田大樹、いや有森樹李。彼女のような新人作家が一人で来られるような店ではないのに。戸口の隙間《すきま》から、ハンサムな青年が背筋を伸ばして座っている姿が覗き見えた。なるほど、「城への案内役」を手に入れたというわけか。

こちらの視線に気付いたのか、因縁の相手は後ろ手で障子を素早く閉め、口の両端をくっきりと上げ、隙のない笑みを浮かべた。

「お久しぶりです、東十条先生。驚きました。まさかこんな場所でお会いできるなんて。小説ばるす新人賞の受賞パーティー以来ですよね。新作のエッセイ、拝読したばかりなんです。あるがままを受け入れる姿勢に、本当に勇気づけられたし、素晴らしかったですわ」

よどみない口調にこちらを見上げるまぶしげな表情。お得意の芝居に騙《だま》されるつもりは毛頭ないが、以前のようなぎらついた野心も確かに消えている。本気で東十条と上手《うま》くやっていこうという、社会性のようなものが伝わってきた。

「随分と様子が変わったな……」

東十条は素直な感想を口にし、改めて目の前の女を観察した。夜会巻きのヘアスタイルと古風なブラックドレスがすんなりした体によく似合っている。大ぶりの真珠のアクセサリーと小さなバッグはおそらく男からのプレゼントだろう。どこを見ても、人を逆撫でする要素が一つも見当たらない。

「そうですか？　実はこれから、秀茗社の門川響子さんもここにいらっしゃるんです。道が混んでて遅れるみたいで今、連絡を取ろうとしていたところでした。ここ地下だから携帯が繋がりにくくて、外に出たほうがいいかしら。今夜は私のフィアンセを紹介する予定なんです」

「編集者と友達付き合いするのは、まだ少し早くないかな？　君、まだ一冊本を出しただけだろう」

あきれて言うと、樹李は華やかな笑い声をあげ、こちらの腕を軽くぶった。

「いやだわ、先生。編集者とのお酒の付き合いやコネクション、執筆以外の人生経験を大切にしろ、とエッセイでおっしゃっていたのは先生のほうじゃないですか。ご心配なく。こうして見聞を広げることで、いずれちゃんと作品に還元します。嫉妬《しっと》を噛みしめガツガツしていたっていい作家になれるわけじゃありませんもの。ねえ、先生もよろしければ、こちらの部屋にいらっしゃいません？　彼と一緒に是非とも楽しいお話を伺いたいです」

嘘ではない証拠に、彼女は再び障子に手を掛けようとしている。東十条はうんざりした思いで、それを制した。まったくどいつもこいつも——。牙《きば》を抜かれ、人の顔色を窺《うかが》い、闘うことをやめてしまう。樹李さえがこんな調子だなんて、出版界がつまらなくなるわけだ。ため息混じりに口を開いた。

「がっかりしたよ。君の口から、通り一遍のおべっかを聞くようになるとはな。なるほど、『小説ばるす』の連載も退屈なわけだ。三行で読むのをやめたよ。レースから一抜けた、と言うべきか。じゃ、失礼するよ」

再び化粧室のほうへ向かおうとすると、唐突に視界を遮られた。

「なんなのよ、東十条先生まで!!　遠藤先輩と同じこと言わないでよ」

樹李が顔を真っ赤にして、立ちはだかっている。唇が震え、今にも涙がこぼれそうだ。初めて見る表情に、東十条は目を見張った。

「私が幸せになるのがそんなに気にくわない？　いいじゃない。今までなんにもいいことがなかったのよ。私だって高いワインが飲みたい。ちやほやされたいし、大物に可愛《かわい》がられて抜け道使いたいし、恋だってしたいのよ。それの何がいけないの？」

　あまりの迫力に東十条は口ごもったが、考え考え言葉を繋ぐ。

「そうは言ってない。ただ、君はそういうタイプじゃ……。満たされることに甘んじてはいけないと言ってるだけだ」

「じゃあ、私は一生満足しちゃいけないってこと？」

「……違う。一生己の空洞と向き合って、書き続けねばならんということだ。もっと飢えなければ。少なくとも……、その年齢でプラダの黒に真珠を合わせるほど、保守的になるべきじゃないよ」

　樹李は歯ぎしりして、自分の出で立ちを見下ろした。

「何その、ヒギンズ教授気取り！　自分は麻のスーツなんか着て『怠慢セックス』であるがままに生きろ、とかほざいてたくせに。話違うじゃん！　もういいわよ、ちょっと、そこどいて！」

　こちらを乱暴に押しのけると、腕を大きく振って歩き出し、あっという間に樹李は小さくなっていく。まったくなんという子供っぽさだろう。苛立《いらだ》ちで頭から湯気の出そうな後ろ姿を見つめているうちに、はっと閃《ひらめ》いた。

　彼女にもう一度火をつけてやろうじゃないか。

計画が頭を巡りだすにつれ、むくむくと意欲が湧いてくる。そうだ、有森樹李をその辺にごろごろいる、お行儀のいい新人作家にしてなるものか。ようやく手に入れたらしい安住の城から彼女を追い出し、再び地べたに叩《たた》き付けてやる必要がある。今時、滅多に見られない、あの狂犬のような執念を呼び起こしてやるのだ。彼女が口惜しそうにこちらを見据える様を想像しただけで背中がゾクゾクしてくる。ああ、その時が来たら今度こそ、この力の限りを尽くして、あの女の頭を押さえ、ねじ伏せてやる。

この東十条宗典を奮い立たせることができるのは、編集者でも読者でも美女でもなく、もはや、有森樹李ただ一人なのかもしれない。彼女が図々《ずうずう》しく目障《めざわ》りだからこそ、東十条は東十条らしく居られるのだ。そう、再び己の情熱を取り戻すために、あの小娘を利用してやる。

野犬に真珠は似合わない。

にやりとほくそ笑むと、来た道を引き返していく。その足取りは先ほどとは打って変わって、力強かった。

教えてやるぞ、有森樹李。文壇最後のドンファンをなめると痛い目に遭うってことを。

3

障子の向こうには、悪夢のような光景が広がっていた。

私はしばし動くことができなかった。響子さんに電話をかけに通りに出たわずか五、六分のうちに、私の大切な恋人は肌も露《あら》わな美女を膝《ひざ》に乗せ、音を立てて唇を吸われているところだった。一体何が起きたというのだろう。聡一郎さんの救いを求めるような目を見るなり、止まっていた時間が動き出す。

「何やってるのよ！　離れなさいよ」

私は慌てて女に飛びかかると片方の腕を取り、聡一郎さんから無理矢理に引き離した。彼は必死な形相で叫ぶ。

「違うんだ、加代子ちゃん。いきなりこの人が部屋に入ってきて、君の知り合いだと名乗ったんだ。油断した瞬間その……」

いつもはきちんとした彼が顔中を口紅で汚し、シャツのボタンを引きちぎられ、髪はくしゃくしゃだ。あまりの変わりように、怒りよりも先に胸が痛んだ。澄ました顔でドレスの胸元を掻《か》き合わせている女の横顔をきっと睨んで、私は思わず悲鳴をあげそうになった。萌木志保子ではないか。二時間ドラマでよく見かける、お色気とスキャンダルが売りのB級女優がなんだってこんなところに。

「どういうことなんですか。なんでこんなこと……」

志保子は全女性の神経を逆撫でするような仕草で小首を傾《かし》げると、赤い舌を蛇みたいにちろりと覗かせた。

「あらあ、聞いてないの？　先生に頼まれたのよ。私達にとってもあなた達にとっても、悪い話じゃないと思うんだけど」

「……先生？」

まさか。冷や汗を浮かべて振り返ると、東十条宗典がのけぞって笑いながら部屋に入ってくるところだった。

「ははは、どうだい、有森くん。なかなか粋な趣向だろう。君も好きだという『怠慢セックスのススメ』、第四章『パートナーの交換』を実践しようじゃないか」

東十条の生暖かい息が耳にかかり、全身にざっと鳥肌が立った。

「自分のパートナーが他の女とまぐわうところを見つめながら、他の男に抱かれる――。インテリジェンスのある大人のカップル同士にしかできない粋《いき》な遊びだよ。互いの愛と信頼が試されるんだ。これ以上、官能的なゲームがあるかな？」

自分の肩にいつの間にか東十条の大きな手が載っていることに気付き、心底ぞっとした。

「触らないで！」

乱暴に払いのけると、ただ茫然《ぼうぜん》としているばかりの聡一郎さんの前に立ちはだかり、大きく両手を広げる。最低最悪の好色ジジイということは知っていたが、こんな変態とは思わなかった。とにかく今は自分と恋人を全力で守らねば。

「ははは、君はそれでも作家かね。男と女の極限を知らないようじゃ、いつまで経《た》っても青臭い少女小説もどきしか書けないよ」

東十条の嘲笑は鋭い刃物になって胸をえぐった。ここしばらくの私の怠惰な生活を見透かすように、その目は嫌らしく細められている。なんだか裸を見られている気がして、耳が熱くなった。一体、何をやっていたんだろう、私は——。一瞬でもこんな下卑《げび》たやつに媚《こ》びていたかと思うとゾッとする。

いやいや、反省している場合じゃない。私は東十条のニヤケ面に向かって言い放つ。

「あんたこそ、何が『怠慢セックス』よ。あんなの介護じゃない。色ボケのエゴを押しつけてんじゃないわよ！　あんたが抱いた女達が演技してることに気付かないの？」

萌木志保子がくすっと笑う。いちいち癪《しゃく》にさわる女だ。

「未来のある私と聡一郎さんを、あんたら先細り組のグロテスクな趣味に巻き込まないでちょうだい！」

「言ったな、小娘。この私に無礼な口をきいて、ただで済むと思うなよ」

門川響子さんが部屋の入り口に立っているのが目に入ったが、正直そんなことに構っていられない。

「有森先生、どうなさったんですか……。えっ、東十条先生でいらっしゃいますか？どうして？　一体何があったんですか？」

私は響子さんを無視して、東十条に詰め寄っていく。

「あんたの耳に入らないだけで、日本中があんたを笑ってるわよ！」

両手が熱く汗ばんでいる。こんな気持ちになるのは一体いつ以来だろう。心の中でマグマが噴き上がるような、この高揚。懐《なつ》かしいのと同時に、なんだか居ても立ってもいられなくなる。こうしちゃいられない、早く早く、一分も無駄にできない、と体の中の何かが私を急《せ》き立てる。そうだった。本を出すまで、私はずっとこんな落ち着かない気持ちを抱えて生きてきたのだった。

「おや、編集者の前で私に無礼を働いてもいいのかね。私の力があれば、君のようなふがいない新人はどこでも書かせてもらえんよ。なあ、そうだろう。秀茗社の門川響子くん」

　あまりの怒りに頬は引きつり、頭がガンガンと鳴っている。首の付け根まで熱くなっていくようだ。私は可能な限り顔を険しくし、歯をむき出しにすると、東十条にギリギリまで顔を近づけた。大先生とこじれてこの先どうなろうが、響子さんに嫌われようが、大好きな恋人にどう思われようが、もう知ったこっちゃない。組織に属しているわけではない私は、本来何をしようが、何を言おうが自由。表現を生業《なりわい》とする人間として、これだけはどうしても言ってやる。人さし指をやつの獅子鼻《ししばな》に突きつけ、一語一語を腹の底からくっきりと発音した。

「この薄汚い……、性根《しょうね》の腐った、ハレンチ極まりない老害め！」

　響子さんがこちらの腕を強く引くのがわかったが、私は乱暴に振り払う。

「なんの才能もないくせに主張だけは一丁前だな。身の程知らずで、ケツの青い小娘が！　お前なんか出版界の恥さらしだ。まずは口のきき方から教えてやろうか」

「言葉に気を付けんのはそっちでしょ！　男尊女卑のマグロ野郎！」

「なんだと、君と私の何が違う？　火が消えた暖炉のような君と私は、もはやそっくりの燃えかす同士じゃないか」

　一瞬、私は目を疑った。東十条の声が震え、目の下のたるみにきらりと光るものを見つけた気がしたのだ。戸惑いに足を引っ張られまいと、私はむきになって叫ぶ。

「私とあなたは同じじゃないわっ！　負けるもんですか。私は絶対に文壇のてっぺんにのし上がってみせる。あんたなんかの手の届かないところに自力でジャンプしてやるんだから！」

　肩でぜえぜえと息をしながら、東十条を睨みつけてやった。そこに満足気な微笑が広がったように見えたのは気のせいだろうか。とにかくこうなった以上、後戻りはできない。東十条は私を軽く手で押しやり、響子さんのほうを向いた。

「おたくの文芸誌で新作を書かせてくれないか」

「ええっ、先生が？」

「ただし、交換条件としてそこの生意気な新人と付き合うのはおやめなさい。急に創作意欲が湧いてきたんだ。小生意気な娘が、熟年カップルの仕掛けた淫靡《いんび》なゲームに巻き込まれ、女として花開くという物語。五十枚の短編で来週までに仕上げよう。どうだね」

　うわ、そんなストーリー、百万遍聞いたわ——。思わずぷっと噴き出しそうになった次の瞬間、私は信じられない思いで響子さんを見つめた。彼女は髪が床に届きそうなほど深く頭を下げ、こう言った。

「是非お願い致します。願ってもないお話ですわ。できましたら、読み切りという形ではなく、連載としてお願いできませんでしょうか。有森さんのご無礼は担当編集者として心からお詫《わ》び申し上げます。こうなった以上、彼女との縁は切ります」

私は彼女の絹のブラウスを摑んで体を激しく揺さぶった。トレードマークの重ねづけしたアクセサリーが鎖のようにじゃらじゃらと音を立てた。

「信じられない。私の才能を信じているって……。絶対に出版界でのし上がれるっておっしゃったじゃないですか。この人が私にしたこと、見たでしょう？　セクハラのパワハラですよ！　出るとこに出たら絶対に勝てるレベルですよ」

「だったらそれだけのものを書いたらいいじゃないですか。有森さん」

まるで別人のように冷たい口調で、響子さんは言い放った。こちらに向けられた目にはもはや何の感情も読み取れない。聡一郎さんを振り返ると、彼は困惑し切って目を伏せている。東十条と志保子は愉快そうに顔を見合わせ、にやにやしていた。これが現実か。すべて身から出た錆《さび》だ。

私は深呼吸すると、やっとのことで乾いた唇を開いた。

「最後に一つだけ教えてください。門川さんの愛読書を教えてください。私達、飲んでばっかで、一度も読書の話なんてしなかったから……」

響子は一瞬虚をつかれたような顔になったが、無言で背を向けた。すべての魔法は解けた。

結局、自分がまだ何も手にしていないことを、私はようやく悟《さと》ったのだった。

4

タクシーの後部座席で聡一郎さんに背中をさすられても、怒りとショックで体の震えが止まらなかった。闇を突き進むこのタクシーがどこに向かっているのかも、もうよくわからない。

「本当にごめん。全部、僕が悪かったんだ。男として最低だったよ」

端正な顔を曇らせ、彼は心から恥じたように何度も謝った。

「聡一郎さんは悪くない。私が男だって萌木志保子に突然迫られたら、抵抗できるかわからないし。もう忘れたわ」

精一杯元気に笑ってみても、どうしても先ほどの光景が心から消せなかった。戻れるものなら一時間前の自分に戻りたい。おまけに、何やら嫌な予感がしていた。この感じは今まで何度も経験している。もはや、二人の関係が終焉《しゅうえん》に向かいつつある時の、よそよそしさと静けさ。その証拠に、聡一郎さんは決して私と目を合わせようとしないのだ。まさか、そんなことがあるわけない。私は何も悪くない。必死で自分にそう言い聞かせるうちに、どうやら目的地に辿り着いたようだ。

「着いたよ。降りて」

見上げれば、暗闇に聳《そび》えるのは株式会社モレシャンの本社ビルだった。もう十一時だというのに、灯りのついている窓がいくつもあった。取材で訪れて以来、ここに来るのは久しぶりだった。聡一郎さんは何か忘れ物でもしたのだろうか。首を傾げながら、両足を揃《そろ》えて外に投げ出す。なんて目まぐるしい夜だろう。

聡一郎さんの後について、ビルの裏手に回る。彼は慣れた手つきでＩＤカードをかざしてドアを解錠すると、守衛室の前を通ってエレベーターに乗り込んだ。最上階を目指しているはずの長方形の箱が、上昇している気がまるでしないのは、私が落ち込み過ぎているせいか。扉が開き、薄暗い廊下を、彼に続いて歩いていく。突き当たりのドアの前で、聡一郎さんは立ち止まった。

「ここが僕の職場。ここで顧客や小売業者向けのＰＲ誌を作る仕事をしているんだ」

ドアプレートに「広報資料室」とあるのが、ぼんやりと確認できた。ポケットから取り出した鍵《かぎ》をドアノブに差し込んで入室するなり、聡一郎さんは素早く電気をつけた。突然明るくなったせいで、私は目をしばたたかせた。聡一郎さんは書棚から一冊の冊子を抜き、こちらに差し出した。

「ねえ、これを読んで。僕が作っているPR誌で、三十五年前に発行した号だ。『私とワイン』というテーマで、作家から作家へとリレー形式に繋いでいく連載エッセイ。今でも続いている長寿コーナーだよ」

彼の示したタイトルの横の丸く抜かれた顔写真と著者名を見て、私はびっくりした。

「えっ、これが？　これが東十条宗典⁉」

あのキザったらしい作り物めいたロマンスグレーはどこへやら、痩《や》せっぽちの青年が、申し訳なさそうに縮こまっているではないか。目鼻立ちにかすかに面影を見ることはできるけれど、先ほど私を罵倒《ばとう》した男と同一人物とは、にわかに信じがたい。プロフィールによれば、まだデビューして間もない頃だ。救いを求めて聡一郎さんを見ると、彼は静かにうなずいた。意を決して、文字を追いかける。私が読み終えるのを、聡一郎さんは隣で待っていた。

口惜《くや》しいけれど、ざっと一読しただけでも、短いながらとても心のこもった随筆であることがわかった。幼い頃、遊び人の父親にこっそりなめさせてもらった赤玉ポートワインの鉄に似た味、初めての失恋のやけ酒は安物のカベルネ、処女作が刊行された記念に編集者に文壇バーでご馳走《ちそう》されたヴーヴ・クリコ。数々の思い出が実に生き生きとした筆致で切り取られている。

こんなに瑞々《みずみず》しい才能が、どうしてあんな——。目がくらむような思いで、私はしばらく冊子から顔を上げることができなかった。先に口を開いたのは彼だ。

「ああいう権威だって、スタートの時から傲慢《ごうまん》だったわけじゃないんだ。誰だって最初は、がむしゃらに夢に向かって走っていたんだ」

ふっと息を吐くと、彼は傍にあったパイプ椅子《いす》にどさりと腰を預けた。

「君が初めてじゃない……。僕は才能のある女の子に、どうしても惹《ひ》かれてしまう。恥ずかしいけど、自分にないものを求めてしまうんだな。それで、何人もだめになっている。いや、正確には僕がだめにしてしまったんだ」

なんだか話の方向が読めてきて、私はめまいを覚えた。こういう時、作家は辛い。

「僕といるだけで、女の子は夢を追わなくなる。現状に甘んじてしまうんだよ」

「違う、それは聡一郎さんが完璧《かんぺき》過ぎるからよ。優しいから。素敵な人だからよ。いけないのは私。今日から心を入れ替える。小説も恋愛も絶対に両立してみせる。見ててよ」

もう気取っている場合ではない。無我夢中で床に膝をつき、彼の腰に手を回し、力を込めてしがみついた。こんなことがあっていいはずがない。私達は確かに愛し合っているのだ。しかし彼の目を見上げて、全身の力が抜けていく。そこになんの希望も見いだせないことをようやく知ったのだ。

「違うよ。原因は僕の覇気《はき》のなさだよ。嫌な言い方をすると、先祖代々続く、腐敗した権力の香りが周りの人を呑《の》み込んでしまうんだな」

「何それ……」

「別れよう、君のために。その代わり友人として全力で応援する。いつか夢が叶《かな》って、それでも僕を覚えていてくれたら、その時はもう一度やり直そう」

長い沈黙の後、ようやく私は小さく顎《あご》を引いた。引くしかなかった。

彼をあきらめたわけじゃない。一刻も早く、私が大物作家になればいいだけの話だ。この恋が終わるなんて絶対に信じない。でも、今は。泣き出さないために、けろりと笑って図々しく言うのがやっとだった。

「ねえ、このエッセイ、私にも原稿依頼もらえないかしら。今夜のことをきっと生き生きと書いてみせるわ」

5

タクシーを降りるなり、遠藤は珍しく懐かしい思いに駆られ、ビル二階のファミリーレストラン「さえずり庵」を見上げた。青教大学にほど近いこの店は、遠藤と加代子の所属していた演劇サークル「てんや☆わんや」のたまり場だったのだ。

外階段を上り、重たいガラス扉を押すと、窓際のソファ席で加代子がしょんぼりと背中を丸めているのが目に入った。寝間着のようなスウェット姿に安っぽい眼鏡。青ざめた顔に化粧っ気はない。自業自得《じごうじとく》とはいえ、ニューオータニのプールで勝ち誇っていた彼女とは別人で、哀れを誘った。しかし、同情するとつけ上がるタイプだということは長年の付き合いでよく知っていた。にこりともせず歩み寄っていく。

「東十条宗典が文学賞の選考委員をいくつ務めていると思う？」

向かいのソファに腰を下ろすなり、遠藤は短く尋ねた。加代子はのろのろと顔を上げ、両手をかざすと、億劫《おっくう》そうに指を折り始めた。

「えーと……。ひいふうみい……」

「なにそのクソダサい数え方。お前、本物だな。本物の莫迦《ばか》だな。どうするんだ、これから。はっきり言うけど今回お前のやらかしたことで、お先は真っ暗だぞ」

加代子は低くうめいて、がっくりとうなだれた。

「でも……。これでいいんです。自分が間違っていたことだけは、わかりました。門川響子さんの愛読書は……、聞けなかった。あのポカン顔はたくさんあって思いつかないっていうんじゃなく、本当に『ない』って感じでした」

遠藤はウエイターを呼び止めると、デキャンタの赤ワインを注文した。瞬《またた》く間に運ばれてきたそれを、二つのグラスに注ぐ。さらさらとした軽い飲み心地は、学生時代を思い出させた。この席で映画や小説の話に花を咲かせ、始発まで粘った日々が蘇《よみがえ》ってくる。「さえずり庵」なら、時間も金も気にしないで、いくらでも飲めた。加代子には悪いが、いつになく伸びやかな心持ちの自分に気付く。

「そういう編集者、実は結構多いぞ。本を読むことがさほど好きでもないし、好きな作家も居ないのに出版社にとりあえず入っちゃって文芸に配属されたってやつ。ま、いい勉強になっただろ。俺もああは言ったけど、門川には上手く謝って、秀茗社とは繋がっておけ。門川だって、お前が自分なりに距離をとれるようになれば、決して悪い相手ではないんじゃないのかな」

「あれ？　先輩、思ったよりオツムが柔らかい……」

加代子がグラスを手に目を丸くしているので、思わず笑ってしまう。

「別にお前を囲い込もうっていうつもりはない。いろんな出版社と付き合って、編集者との付き合い方を模索するのは大いに結構だよ。お前にとってベストなパートナーが早く見つかればいいよな。それが別に俺でなくても構わないさ。言い忘れたけど原稿上手く直したじゃないか。感心したよ」

鞄から校了が済んだばかりのゲラを取り出し、ぽんとテーブルに放った。しばらくゲラの挿絵を見下ろしていた彼女が、ふいに顔を歪《ゆが》めた。ワインのせいか頬に赤みが差し、目が潤《うる》んでいる。

「先輩、私、またふられちゃいました。先輩の言う通りでした。まだまだ新人なのに、調子に乗って、浅はかでした。編集者さんとのお酒の付き合いにばかりかまけて……。もっといいものが書けるように頑張ります。人の心をえぐるような言葉をもっと真剣に探します。あと……、二冊目に出す本は、何がなんでも重版をかけさせてみせます。だからこれからもちゃんと私を見ててください。ベストかどうかはわからないけど、私にとってのパートナーって言える人は先輩しかいないんです」

余裕のない表情で身を乗り出す加代子は、あの頃と少しも変わっていない。油断すると、いじらしく感じてしまいそうで、遠藤は慌てて唇を曲げた。

「にしても、本当に縁遠いよな。お前……。今までで男と続いたのって最長で半年とかじゃないか」

　これは効いたと見えて、加代子は子供のようにウグウグ泣き出した。なんだか愛娘《まなむすめ》と同じくらいの年齢に思えてならない。気の毒やら面白いやらで、遠藤は紙ナフキンを差し出すと、身を乗り出して、丸めたゲラでぽんぽんと頭を叩いてやった。

「わかった、わかった。もう泣くなよ、中島。今日は好きなもの好きなだけ頼めよ。俺のおごりだ」

　加代子はいきなりグラスを摑《つか》むと白い喉《のど》を見せてワインを一気に飲み干した。涙の乾かない目でまっすぐにこちらを見つめる。

「先輩、今夜から、その中島っていう呼び方やめてください。もう学生時代の延長みたいな関係、嫌です」

　咄嗟《とっさ》のことに遠藤は面食らい、担当作家の顔をまじまじと見つめた。一体全体どういうつもりなんだろう。泣き濡《ぬ》れた頰が艶《つや》っぽいといえば艶っぽい。

「え……？　え？　じゃ、か、加代子、とかにしちゃい……ます？」

　柄にもなく緊張しながら、おそるおそる言葉を繫《つな》ぐ。すると、加代子は紙ナフキンを奪って涙を拭《ぬぐ》い、小憎らしいほどきりりとした顔で、こう切り返してきた。

「違います。『有森先生』でお願いします！　ドリアとカプレーゼ、頼んでいいですか？」

こちらの返事を待たずに彼女は呼び出しボタンを引き寄せて、親指でぐいっと押した。

第四話　私にふさわしい聖夜

1

オープンテラス越しに見える泰明《たいめい》小学校の蔦《つた》が闇《やみ》に溶け込んで、夜が深まっていることを告げていた。

「今度ばかりは、さすがの私もとても立ち直れそうにありません……」

心が折れる一歩手前の身にホットショコラの甘さが沁《し》み、とうとう涙が滲《にじ》んだ。視界がぼやけて、向かいに座る先輩女性作家二人の顔がよく見えない。ここはクリスマス直前の華やぎに満ちたオーバカナルなのに、十数分前の帝国ホテルのパーティー会場での光景が絶え間なくフラッシュバックし、気持ちを切り替えようとする度に、どうしてもあの場に引き戻されるのだ。明日も明後日も、いや、何年経《た》っても一歩も進めない気がする。喉《のど》が詰まって胸が苦しかった。世界中が私、有森樹李を見下して、嘲笑《ちょうしょう》している気がして身の置きどころが見つからない。フルーツタルトを夢中で口に押し込む。最近は食べることしか楽しみがない。甘い物が舌に溶ければ、ささくれた心が和らいでいく。

「ちょっと泣かないでよー。端から見たら、うちらがいびってるみたいじゃん。ていうかあ、あんた食べ過ぎ！　タルトいくつめ？　ますますデブるわよ」

宮木《みやぎ》あや子が整った顔をしかめ、煙草《タバコ》に火をつけた。隣に座った南綾子《みなみあやこ》も黒猫を思わせる大きな目をくるんと回し、特徴であるぶっきらぼうな口調でこう言い放つ。

「批判でいちいち傷ついてたら、作家は身が持たないよ。元気出しなって。あんた、読書メーターのコメント見て、一喜一憂するタイプでしょ。この打たれ弱子《よわこ》が」

名前がよく似ているため、時々呼び間違えてしまい叱《しか》られるけれど、性格も作風もまったく違うこの二人は、デビューして一年半、ようやくできた同業の友達だ。去年も文鋭社主催の帝国ホテルのパーティーに行った後は、二次会までの短い間、こうしてこのメンバーで時間を潰《つぶ》していた。

まさか作家と仲良くなれる日が来るなんて、少し前までは想像もつかなかった。言わば互いに競争相手である作家同士が心から打ち解けられるなんてあり得ない、と思っていた。有名作家の華やかな交友関係を見聞きする度に、きっと裏では足を引っ張り合っているんだろう、と冷ややかな気分になっていた。正直なところ、宮木あや子にしても南綾子にしても、何気ない発言に、こちらがぴりぴりしてしまうこともあるし、才能や評価を比べて落ち込むことも少なくない。それでも、こんなふうに落ちるところまで落ちた時に甘えられるのは同業者、しかも同性だけなのだ。宮木あや子は励ますように言った。

「それにしても、大和田浪江《おおわだなみえ》に面と向かって、それもあんなに出版関係者の集まる場で、あそこまで罵倒《ばとう》されるなんて、業界広しといえどもあんたくらいなもんじゃないの？　逆においしくない？　なんか昭和の文壇って感じ」

薄い紫色のサングラス、全身イッセイミヤケに美しい白髪ショートヘアはファッション界の重鎮を思わせるが、大和田浪江は辛口批評で知られる大御所の書評家だ。もともとは大手化粧品メーカーの広報だったという異色の経歴ながら、その鋭い観察眼と膨大な読書量には誰もが敬意を払っていた。ついさっき、彼女にパーティー会場で、デビュー二冊目となる長編小説『おばあちゃんをリツイート』をメタメタにけなされたせいで、私は意気消沈しているのだ。

――あきれたわ。デビュー作『氷をめぐる物語』で見せた瑞々《みずみず》しい感性や繊細な心理描写はどこいっちゃったの⁉　あれじゃあ、テレビドラマのノベライズよ。小手先で書いているのが見え見え、てっとり早く売れようという魂胆が透けて見えるわ。わたくし達書評家、いいえ、命を削って作品を書いている作家全員に対する冒瀆《ぼうとく》よ。もういいわ、わたくし、あなたのことを金輪際《こんりんざい》、見放したわ。

酔っているのか、それとも興奮しているだけなのか、目をうっすら赤くし、堰《せき》を切ったようにまくしたてられ、一言の反論の余地もなかった。金輪際、見放した？　デビュー作を手放しで絶賛してくれた彼女からそんなことを言われる日が来るなんて。私が書いたものがそこまで人を嫌悪《けんお》させるとは思いも寄らず、今も頭がぼんやりしている。周りの編集者や作家に助け船を出してくれる人は何故《なぜ》かまったくおらず、逃げるように会場を後にしたら、この二人だけが追いかけてきてくれたというわけだ。

「まあ、いいじゃん。『おばあちゃんをリツイート』、私もあんましいいとは思えないけど、あれは書店で目立つし、売りやすい本ではあるよ。発売二週間でもう重版がかかるなんてすごいじゃん。すぐ映像化も決まるんじゃないの？」

南綾子が珍しく優しい言葉をかけてくれ、私は力なく笑ってみせた。

「二冊目で何がなんでも重版をかけさせるという約束、俺は忘れてないぞ」。遠藤先輩から来た脅迫めいたメールをそのまま出力して壁に貼《は》り、必死で「売れる」本について研究し続けた結果がこれかと思うと、猛烈にむなしい。

人を嫌な気持ちにさせず、はっきりと映像が浮かび、主人公の成長が明確に描けていること、老人か動物か美味《おい》しいものが出てくればなおベター。『おばあちゃんをリツイート』はすべてのエッセンスをブチ込み、口当たりのいい文体でコーティングし、徹底したエンターテインメントを目指したつもりだ。認知症の始まった祖母と、その彼女に敬意をもって接する心優しい孫娘の物語。ツイッターや今どきの風潮を取り入れた、笑いあり、涙あり、家族愛あり、サクセスありといったハートウォーミングストーリーだ。書きながら「これは映像化されるかも」と舌なめずりしていたが、本当に民放のテレビ局からドラマ化の打診がきた時は驚いた。まったく縁がないと思われた、女性ファッション誌や男性週刊誌からも取材を受け、ラジオ番組で取り上げられたことで人気に火がつき、たいていの大手書店であれば平積みされている。二冊目にしてこの売れ行きはそこそこ成功と言っていいのに、心のどこかに何かが引っかかっている。大和田浪江の発言にここまで打ちのめされているのはそのためかもしれない。

担当編集者である遠藤先輩が喜んでいない、というのが何より大きい。表向きは「すごいぞ、お前にしちゃ快挙だ。お祝いしよう」などと喜んだふりをしているが、私から心が離れているのが最近、はっきり見て取れる。お祝いの日程のめどが立っていないのがなによりの証拠だ。以前のようにねちねちいびられることもなくなったし、険しい表情でどやされることもなくなった。それどころか最近は、原稿を送るなり、「さくさく読めて、面白かったです。テンポもいいし、心が温まりました。この調子でよろしくお願いします」

といった、うっすい内容のメールがすぐに返ってくる。事実『おばあちゃんをリツイート』もほとんど遠藤先輩の直しは入っていない。以前はあれほど怖くて口やかましく感じられていたのに、あっけないほどの変化である。でも、それは私が作家として急成長を遂げたというより、遠藤先輩の関心がもはや別の作家に移っているせいだ。

「ねえねえ、それにしても、有森光来《みく》って超絶マブかったね〜。噂《うわさ》には聞いてたけど、あそこまで美少女とは思わなかったな〜。すっごいたくさん写真撮られていたよね」

南綾子に向けられた宮木あや子の言葉が、ぐさりと胸に突き刺さった。冷えてどろりとした粘度を持ったショコラが喉に詰まり、呼吸が一瞬できなくなった。

「うんうん、可愛《かわい》いだけじゃなくてあの子、凄《すさ》まじく才能あるもんね。天才って言ってもいいと思うよ。デビュー作の『六月のピストル』、あれは傑作だよ。粗削りなところもあるけど、あの発想と筆力はすごいよ。もしかして二十歳になる前に直林賞とっちゃったり……」

私がよっぽど青ざめていたのか、南綾子がしまったという表情で口をつぐんだ。宮木あや子も気まずい顔で二本目の煙草に火をつけている。二人にこれ以上気を遣わせまいと、私はぎこちない笑みを浮かべた。

有森光来は今年の小説ばるす新人賞受賞者で、私にとっては一年後輩に当たる。なんとまだ、北海道の高校に通う十八歳、おまけに抜けるように白い肌、長い黒髪、大きな瞳《ひとみ》というアイドル級の美少女なのだから、話題性は私の比ではない。妬《ねた》みでいっぱいだった私でさえ、彼女のデビュー作を『小説ばるす』で読んでからというもの、悪口一つ言うことができなくなってしまったほどの実力と才能だ。

「よりによって……。同じ有森か」

前年の受賞者の私と同じ名字であることが当初問題になったらしいが、どうしても本名で小説を発表したいという当人の希望で、結局は出版社側も了承したのだ。おかげで私はほうぼうの書店やパーティーで名乗る度、

「あれ？　光来さんじゃないんですか、なんだ、どうりで。これは失礼」

とたくさんの書店員や編集者を失望させている。いっそもう一度ペンネームを変えようとさえ思った。それだけでも胃痛のタネなのに、有森光来の担当になった遠藤先輩が、彼女への興味を隠そうともしないものだから、もはやプライドは粉々だった。最近の私は書店への挨拶《あいさつ》まわりも次回作の取材も一人ですることが多い。先輩が東京と北海道を行き来する光来のサポートで忙しいせいだ。プライベートの面倒まで見ているらしい。彼女の進路の相談にも熱心に乗ってやっているとさえ聞く。

島田かれんと同時受賞した時、あまりの惨《みじ》めさに本気で死のうかと考えたが、さらに上の屈辱があるとは。少なくとも、かれんには才能で勝っていたかもしれない。しかし、光来はすべてにおいて私より上なのである。

「ほら、そんな顔しないの。樹李、手相みてやっから手ェ出して。あんたの未来を占ってあげるよ」

小説家として食べていけなくなったら占い師に転職すると公言してやまない南綾子が身を乗り出し、私の右手を摑《つか》んだ。こちらの手のひらに顔を押しつけんばかりにしてしげしげと眺めた末、眉《まゆ》をひそめてこう言い放った。

「う〜ん、現実的な成功を示す線と心の満足を示す線がいっこうに交わらないのよねえ。すっげえヘンな手相〜〜」

「ええっ、それって成功も満足もできないってことですか？」

「成功しないわけじゃないと思う。でもね、あんたの心は満足しないのよ。常にもっともっとと今ないものを求める性格なんだよね。だから、一生心の平穏は訪れないかもねえ。ご愁傷《しゅうしょう》さま」

そういえば、これと同じようなことを以前、言われた気がする。誰にだっけ――。確かに南綾子は占い師として成功するかもしれない。私はぼんやりとこれまでの人生を思い返していた。

下積み時代は、とにかく小説家デビューさえできればそれでいいと思っていた。単行本デビュー前はたった一冊でいいから自分の存在証明である作品をこの世に出せれば本望と思っていたし、処女作を出した後は重版さえかかるなら後はもう何もいらない、と歯をくいしばって頑張った。そして、いざ本がちょっぴり動き出すと、今度は玄人《くろうと》筋からの敬意や評価が欲しくてたまらない。もっともっともっと――。いつから私はこんなに欲深くなったのだろう。ほんの少し前までは自腹で山の上ホテルに泊まって、作家気分を味わうことでささやかな幸せを感じていた、健気《けなげ》なウエイトレスだったのに。あの頃に戻ったほうがいいのかな……。いやいや、あんな惨めさは二度と味わいたくない。

ギャルソンが目の前に湯気を立てているワインを置き、我に返った。スパイスや柑《かん》橘《きつ》類のフレーバーがふんわり立ち昇り、思わず目を閉じる。添えられたシナモンスティックも甘く香っていた。

「ヴァン・ショーです。そちらのお客様から」

ギャルソンの視線の先にはなんと、当代きっての売れっ子大学生作家、朝井《あさい》リョウが腰掛けているではないか。口角を少し上げただけの最小限の微笑といい、さわやかな髪型といい、シャツとベストの着こなしといい、特に頑張ったふうもないのにさりげなく洒落《しゃれ》ていて、まだ二十歳そこそことは思えないほどこなれた雰囲気を醸《かも》し出していた。処女作でベストセラーを叩《たた》き出した余裕だろうか。先ほどのパーティーでもたくさんの編集者に取り巻かれていたっけ。彼の悪口は数えきれないほど言ってきた私だが、こうして目が合うと緊張してしまう。どういうわけか、親指を隠したい気分になった。

「あ、どうも……。ええと、朝井先生……」

今の話、聞かれたのだろうか。そもそも彼は私の名や作品を知っているのだろうか。気になることが山のようにあり、言葉がするする出てこない。正直、今もっとも相手にしたくないタイプの人間である。学生の分際で人気作家となると、どうしたって有森光来のことを思い出さずにはいられない。宮木あや子と南綾子も困惑したように顔を見合わせている。朝井リョウは整えられた眉の片方だけを持ち上げ、キザったらしくため息をついた。

「有森樹李、三十三歳。本名は中島加代子。またの名前は相田大樹。文鋭社の担当編集者の遠藤道雄とは青教大学時代の先輩後輩の仲。もっかの敵は東十条宗典とタレント作家の島田かれん。違いますか？」

「げ、なんで知ってるの？」

やれやれ、といった調子で彼は腰を浮かすと、飲みかけのエスプレッソを手にこちらのテーブルまでやってきて、ごく自然に私の隣に腰を下ろした。高校のクラスメイトのような気安さである。宮木あや子と南綾子の目を気にして声を潜《ひそ》めるが、二人はとっくに自分達の話題に夢中になっている。ショーメのネックレスが欲しいとか、電子書籍で好きなことを好きなように書いた同人誌を売ろう、とか。

「プーアール社の新人賞授賞パーティーの席に僕もいたんですよ」

「え……。あの時、まだあなた高校生のはずよ」

彼はこちらの疑問を無視した。

「思い出すなあ。島田かれんの横で今にも自殺しそうな顔でぼんやり立っていたあなたのこと。今も同じ顔をしています。だから心配になったんです。話はだいたい今、聞かせてもらいました」

「え、あ、その……。ええと、その」

明確な返事を避けるために、シナモンスティックでヴァン・ショーをせわしなくかき混ぜて誤魔化《ごまか》した。

「島田かれんのせいぜい引き立て役として選ばれたあなたがここまで売れるなんて、

誰も予想していなかったはずです。これだけの逆転劇を見せたあなたが、たかが一人からの批判でどうしてそこまで落ち込むんですか。意味わかんないです」

「たかがって……。だって、彼女の言うことは正しいんだもん。私の作品なんて……」

大和田浪江に認められないということは、この先誰からも認められない。そう力説すると、朝井はピシャリとそれを遮った。

「申し訳ないですが、それはＤＶ被害者と同じ発想です。目を覚ましてください。大和田浪江の評価が絶対だなんて、どこの誰が決めたんですか？」

「でも……」

「もちろん批評を甘受し精進することは必要ですが、いちいち立ち止まっていたら、前に進めないですよ」

年下とは思えない上から目線の発言に、さすがにムッとした。

「朝井さんなんかに私の気持ちがわかるわけない。デビューの時からずっと売れっ子で……、若くて人気者でちやほやされて……、辛《つら》い目になんか一度も遭ったことないくせに」

そうなじると突然、朝井はぎょっとするほど表情を険しくし、テーブルを拳《こぶし》でぶっ叩いた。ヴァン・ショーが跳ね上がり、ワインの滴《しずく》が飛び散った。

「俺の処女作のアマゾンレビュー読んだことあんのか⁉」

「え……」

「さんざんぶっ叩かれたわ！　いろんな人間に面と向かって超ディスられたわ！　有森光来さんだってそこはきっと同じだよ！」

一番聞きたくない名前にどきっとした。朝井は口から泡を飛ばしてわめいている。

「学生っていうブランドを利用しているとか、若いと得だとか、簡単に言うな！　その分、叩かれやすいんだよ！　どれだけ傷つけられてるか少しは想像しろよ！　抜け道なんて使ってねえ、執筆する大変さは俺達だってあんたと変わんねえんだよ」

「す、すみません……で、した……」

あまりの気迫に、私は思わずうつむき、膝《ひざ》のナフキンでこそこそとテーブルを拭《ふ》いた。

「みんな、同じだわ！　みんな叩かれて叩かれて。そこから這《は》い上がんだよ！」

なだめられたかと思うと、突然キレたり、なんだか遠藤先輩みたいだ。それでも彼と言葉を交わすうちに少しずつ心が浮上していくのを感じていた。アルコールもほどよく回り、いつの間にか体が温かくなっている。気付くと、宮木あや子も南綾子も姿を消していたが、もはや気にならなくなっていた。

「いや、ほんと、ほんと。朝井さんの言う通りかもしれない」

口調はなめらかになり、いつの間にか私は大演説をかましていた。

「世の中って、作家を賢者か何か、ううん、ものすごく聖なる存在だと思いたがっているのよ。自分から声を大にして本を宣伝したり、営業したり講演会したり、大物に媚《こ》びたりする姿は絶対に見たくないのよね。でも、それって作家が人間であるってことを認めてないのよ。でも、この出版不況、ドテッと構えて好きなものだけ書いて食べていける殿様作家が何人いると思う？　俗物で何がいけないのよ！　太宰治《だざいおさむ》だって賞欲しさに選考委員に手紙を書いたし、カポーティは映画『ティファニーで朝食を』に自ら出演しようとしたのよ？　ほら見てよ。キリストの誕生を祝うはずの聖なる夜だって、いつの間にか消費社会に呑《の》み込まれているじゃない。でもね、だからこそ生まれた素敵な文化もたくさんあるわ。サンタクロースにエルフ、暖炉の靴下、いちごのケーキにシャンパン。マライア・キャリーの『恋人たちのクリスマス』に『ホーム・アローン』。もう、反発するより楽しまなくちゃ。一度の人生踊らにゃ損損。ジングルベール、ジングルベール、鈴が鳴る〜〜♪」

いよいよ乗ってきたというのに、朝井リョウはあくび交じりに腰を上げた。

「元気が出たなら何より、おしゃべりが長くて疲れてきたので、僕は失礼します。まあ、あのドン底から自力でここまで這い上がったんだ。応援こそしてませんが、あなたがどういう道を辿《たど》るのか対岸から楽しく見物させていただきますよ。おっと、ツレも来たようだ」

それだけ言うと、モデルのような美女が待つ入り口に向かって、売れっ子は手を振りながら春風のように去っていった。

信じがたいことに、ヴァン・ショーのお会計は私持ちになっていた。

2

文学賞発表の「待ち会」に頻繁に使われることで知られる、生フルーツを使ったカクテルが名物のそのバーで、有森樹李の姿を見つけた時は目を疑った。コの字のカウンターの向こう側で、コートを着たままスツールに腰掛けている姿は目立った。ポンポン付きのニット帽を目深《まぶか》に被《かぶ》った彼女は、それがジュースであるかのように喉を鳴らしてカクテルを飲んでいる。暗く落ち着いた店内にまるでそぐわず、雪の日の浪人生のように見えた。

麻布の会員制レストランで見かけたレディとは別人のようだ。

こちらの視線に気付くと、彼女はあからさまに顔をしかめ、プイと横を向いた。こちらとしても無視を決め込んでもよかったのだが、同伴出勤する予定だったホステスに待ちぼうけをくわされ、時間を持て余していたせいもあり、飲みかけのウォッカマティーニを手に彼女の隣の席に移動する。

「色ボケ老害の相手している余裕、ないんだけど」

目を合わせようともせず、そっけなく吐き捨てた樹李に、東十条宗典は肩をすくめた。

「こらこら。いくら私が嫌いでも、新人作家の最低限の礼儀として、せめて敬語ぐらいは使ってもらいたいものだね」

「だってこうなった以上、いくら媚びを売ったところで無駄じゃん。あんたに好かれるはずないし、こっちとしても取り入る意欲もないし。私、無駄なことに体力使うの嫌いなの。何よ、秀茗社《しゅうめいしゃ》との縁を切らせ、恋人との仲を裂き、まだ私のことをいじめ足りないってわけ？」

東十条は目の前の女をしげしげと観察する。しばらく見ないうちにまた随分とぽっちゃりしたようだ。化粧っ気ゼロ、服装も適当だ。新作『おばあちゃんをリツイート』は読んでいないが、書店で平積みされているのをよく見かける。新人としてはまずまずの成功の道を歩んでいるのに、このやさぐれた態度はなんなのか。

「もしかして、大和田浪江にパーティーで罵倒されたことを気にしているのか？」

「げっ、なんでアンタが知ってんのよ！」

「この世で一番口が軽い人種は、編集者だ。彼らにとってゴシップ保有数は一つのステイタス。文学賞のパーティーで誰かと揉《も》めるなんて、さあ、弱みを広めてください、と言っているようなものだよ。覚えておきなさい」

腐ってんなあ〜、と低くうめいて、樹李はカウンターに突っ伏した。東十条はなじみのバーテンに生のいちごを使ったカクテルを注文した。ミキサーの回転音がしばらく続き、やがて目の前にとろりとした赤い液体を満たしたグラスが置かれた。柊《ひいらぎ》と南天の実がグラスの縁を飾っているのが老舗《しにせ》の遊び心というものか。そうだ。あと一週間でクリスマスイブだ。グラスを樹李の前に滑らせる。

「まあ、飲みなさい」

「誰があんたの施《ほどこ》しなんか」

そう言いつつも、樹李はグラスに手を伸ばし、柊の葉っぱをつまんだりしている。

二作目か――。新人にとっては最初の難関と言ってもいい。彼女の横顔を見つめるうちに、駆け出し時代の記憶が蘇《よみがえ》る。二作目が処女作以上に評価を得るケースは稀《まれ》だ。デビュー時に好意的に迎えてくれた読み手がそっぽを向くことも少なくない。それでも乗り越えねばならないのだ。この先、何度も波はやってくる。厳しい批評など撥《は》ね飛ばすだけの太い神経がなければ、とても成り立たない商売だ。

「人の批評などどうでもいいじゃないか。のびのびと書きたいものを書けばいいんだ。私だって、最初は随分叩かれたものさ」

びっくりしたように目を見開き、樹李が初めてこちらを見た。

彼女に優しくできるのにはわけがあった。一時期より、随分持ち直しつつあるためだ。『怠慢セックスのススメ』の頃がやはり作家としてのドン底だったかもしれない。夏に樹李と激しく闘って以来、何かが変わった。心の炎がわずかながらも再びともり始めている。現在は久しぶりに源氏物語を下敷きにした長編小説に取りかかっているし、女達との付き合いも復活しつつある。目障《めざわ》りな小娘であることに変わりはないし、樹李のおかげとまでは思っていないが、ささやかな恩のようなものは感じている。カクテルに口をつけるかつけまいか逡巡《しゅんじゅん》していた樹李が、すっとんきょうな声をあげたのはその時だ。

「ちょっと！　あれ、遠藤先輩じゃない！　一緒にいるのは有森光来⁉」

見れば向かいのカウンターの、先ほど東十条が居た辺りに、遠藤と目を見張るような美少女が並んで座っていた。最近、出版界を騒がせている高校生作家だ。ロリコン趣味はないものの、慎ましげに伏せた睫《まつげ》や抜けるような肌の白さに見とれていると、いきなり樹李に乱暴にどつかれた。

「東十条さん、そのショール貸してよ。それで、あんたはこれを被って」

樹李は素早く毛糸の帽子を脱ぐと、こちらに目深に被らせ、肩に掛けているヴェルサーチのストールをことわりもなく奪い、素早くほっかむりをする。東十条の肩を押さえ付け、自らも上半身を屈《かが》めた。

「なんで、私まで隠れなきゃならんのだ」

つられてつい小声になってしまったのが腹立たしい。安物の毛糸がちくちくして実に不快だ。

「うるさいなあ。あの二人が何を話しているか、盗み聞くに決まってんでしょうが！」

必死そのものの樹李の紅潮した頬を見て、ははあ、と東十条はにやついた。この女、どうやら焼き餅《もち》を焼いているのだ。才能、美貌《びぼう》、若さ。どれをとっても自分より勝っている光来に。同性への嫉妬《しっと》に狂う女を間近で見るのは、昔から大好きだ。女とはなんと醜《みにく》い生き物か。そう確認するとわけもなく勝った気分になった。あたかも自分がピカソになったかのようにぞくぞくさせられる。とはいえ、東十条も遠藤の姿を見るのは久しぶりだった。以前は頻繁にご機嫌伺いに来たくせに、最近ぱったりと連絡をよこさなくなっている。

「彼女は未成年なんで、フルーツジュースにしていただけますか？　僕も同じものを」

東十条の前ではお調子者の好青年といったふうの遠藤が、紳士然とした態度で飲み物をオーダーするのを見て、おや、と思った。そういえば彼も演劇部出身だったか。気の利《き》く優秀な編集者であることは認めるものの、実のところ東十条は遠藤にどこか得体の知れないものを感じている。決して本心を打ち明けない隙《すき》のなさ、弱みを見せないかたくなさ。文鋭社役員の娘と結婚し、何不自由なさそうな男への違和感は、一体何に起因するものなのだろう。

「ごめんなさい、遠藤さん。無理を言って、こんなすごいお店に連れてきていただいて」

初めて聞く光来の声は鈴の音のように可憐《かれん》だった。隣で鋭く目を光らせている樹李のドラ声とは大違いだ。

「夢だったんです。このお店のこの席に座ること。憧《あこが》れの作家が以前、この席で直林賞の受賞の報告を受けたと聞いて……」

「君もそのうち同じようになるよ。きっとこの店で『待ち会』して、受賞するような作家にね」

ひいっ、と隣の樹李が声にならない悲鳴を発した。私だってそんなこと言われたことないのにっ、と小声で歯ぎしりしている。

「そんな！　私なんか初めて書いた小説がまぐれで受賞しただけです。次の作品だっていつ書けるかわからないし。それに、この間ネットレビューを見て、落ち込んじゃいました。いろいろ言われてるんですね。文章がなってないとか、出来レースだとか。週刊誌でも酷《ひど》いこと書かれていたし」

光来はうつむく。遠藤が労《いたわ》るように彼女を覗《のぞ》き込んだ。

「君みたいなタイプは、そんなものは見るべきじゃないな。目の前にいる俺の言葉を信じてくれ。今はどんどん書くべきだし、協力は惜しまないよ」

光来はおびえたように目を逸《そ》らした。

「でも、あの、私、そんなに速く書けるタイプじゃないんです。アイデアも形になるまで時間がかかるし。遠藤さんの期待に応《こた》えられるかどうか。有森樹李さんみたいに活躍できるようになるとはとても思えないし……」

自分の名前が出て、樹李はぴくりと肩をいからせた。遠藤はこう答えた。

「いやいや、有森樹李なんて、君の足元にも及ばないよ。彼女はテクニックだけの大衆作家。デビューの時は期待値も高かったけど、すぐに飽きられるよ。本当の意味で読者の心を射止めることはできない。新作だって、重版がかかったのはもちろんめでたいことだけど、それほどいい作品と僕は思ってないんだ。なにより、彼女にはイノセンスを感じないね」

東十条がちらりと隣を見ると、樹李は真っ青になって震えていた。さすがに気の毒になってそっと肩を抱くが、邪険に振り払われた。

「そうだな。売れることや、作品を連発することだけが作家に必要な能力じゃないんだよ。一作一作丁寧に誠実に読者に語りかけるように書くこと……。それこそが作家にとっての財産なんだ。例えば、東十条宗典先生なんか……」

高みの見物とばかり思っていたが、おいおい、何を言い出す気だ、この男は。

「確かにスターだし、売れているかもしれないけれど、玄人筋の評価は低い。読者と心のやりとりができているかと問われると、それはどうかな？　彼の熱心なファンは、いわば東十条宗典のきらびやかなライフスタイルに憧れているだけ。僕に言わせればただのタレント作家さ」

おのれ、たかが編集者の分際で――。全身の血が結集し、頭を目がけて一気に昇っていく。なんとか正気を保ったが、カウンターを跳び越え、あのおしゃべりクソ眼鏡の首ねっこを思い切り絞め上げたい衝動と闘っていた。編集者め。自分は何も生み出さず、こちらが血を吐くようにして紡《つむ》いだ作品をまるで王様のような態度でジャッジする。気付かないとでも思っているのか？　表面上はどんなに慇懃《いんぎん》に振る舞おうと、心の中ではこちらを常に値踏みし、小莫迦《こばか》にするチャンスを毎秒毎秒、窺《うかが》っていることを。うっかり気を許そうものなら、プライベートや心に秘めた決意までぺらぺらと広められてしまう。駆け出しの頃から何度も何度も傷つけられ、いつしか誰も信じられなくなるまでの経緯がものすごい速さで脳裏に蘇ってくる。そんな悪魔を相手にしてきたと思うと、長年気付くまいとしてきた怒りと悲しみが改めて噴き上げてきて、頭がどうにかなりそうだ。そんな東十条の様を見た樹李が、目を丸くしてつぶやいた。

「げっ。思ったより打たれ弱い……。今まで、ネットの悪口とか、一度も見たことないの？」

「個室がご用意できました。よろしければ移動されますか」

バーテンダーの言葉が遮った。遠藤と光来に見つからないように身を屈め、二人はこそこそとボーイの後に続いた。赤いカーテンで閉ざされた、小さなシャンデリアのきらめく個室のテーブルに向かい合わせで座っても、しばらくの間、二人ともぐったりと無言だった。沈黙を破ったのは樹李のほうだった。

「ああまでけなされて、すごすご引き下がれる？」

見ると、樹李の目がぎらぎらと光っている。そう、この目だ。山の上ホテルでの一夜から少しも変わらない。東十条は息を呑む。自分を邪魔する者はどんな手を使ってでも蹴散《けち》らすという一貫した姿勢。見果てぬ夢を追いかける貪欲《どんよく》でエネルギーに満ちた、この眼差《まなざ》し。

「すべてを手にした業界トップの権力者と、野心と才能の新人……。ね、私とあなたが手を組めば、なんだってできると思わない？」

「どういう意味だ」

「ホリデーシーズンは一時休戦といかない？　力を合わせて、あの遠藤道雄を地獄の底まで追い込んでやりましょうよ！」

なんと、この切り替えの早さはどうだろう。紺色のコートの胸の辺りに、一瞬炎が見えた気がする。光来にも東十条にもない獰猛《どうもう》なパワーだ。

「うむ……、乗った！　金と人脈ならまかせておけ！」

思わずテーブルの上で樹李と拳をぶつけ合い、にやりと共犯の笑みを交わす。こんなにワクワクするのは何年ぶりか。見てろよ、遠藤――。

3

銀座の夜から三日が経った。

若者でごった返す下北沢駅南口で私を待っていた東十条宗典は、痛々しいほど浮いていた。団塊世代の精一杯のカジュアルなのであろうハンチングとループタイに、目的地である小劇場に辿り着くまでの間、クスクス笑いが止まらなかった。銀座や文学賞パーティーで正装しているといかにも文壇のロマンスグレーだけれど、これではまるで街歩き番組タレントの某《なにがし》みたいだ。

「なんだ、何がおかしい」

「あ、いえ。なんでもないっす」

井の頭線の線路沿いに位置する、百人程度を収容できるすり鉢形の古い劇場には、出演者としてはもちろん、もぎり、照明のバイトとしても、学生の頃から数え切れないほど出入りしている。人影のない窓口をさっさと通り過ぎ、チラシがべたべたと貼り付けられた重たい扉を左右に開くと、ちょうどリハーサルの真っ最中だった。狭い舞台の上では、「劇団てんや☆わんや」とロゴの入ったお揃《そろ》いのTシャツ姿の男女が声を張り上げていた。中には仲良しの裕美子ちゃんの姿もあり、思わず目を細め、小さく手を振った。がらんとした薄暗い客席から役者の動きを見守っていた、巨体の男がこちらに気付くなり大きく手を振った。

「おー、中島。久しぶりだな」

「町山《まちやま》先輩！　すみません、初日直前に」

東十条を促し、約五年ぶりに再会する、サークルの先輩の元へと駆け寄る。

しばらく会わないうちに町山先輩はますます太った。Tシャツのロゴが判別できないくらい真横に引っ張られ、暖房の効いていない冷え冷えした空間だというのに、あちこちに汗染《じ》みができている。留年に留年を重ね、ようやく卒業できたと思ったら、サークルと同じ名前の劇団を立ち上げたのだから、いろんな意味で青春から足を洗えない愛すべき人物なのだ。

「久しぶりじゃーん。すげえな、作家になったって本当かよ。うわっ、東十条宗典さん、本物？　テレビで見るまんまじゃん。まじで連れてくるなんて思わなかったよ」

再会を懐《なつ》かしむ間もなく、町山先輩は超有名人を前に大はしゃぎしている。せわしなく視線を泳がせ、咳払《せきばら》いする東十条は、これまで見たこともないほど居心地が悪そうで、どう振る舞うべきか考えあぐねているのが丸わかりだ。もちろん、こちらとしても長居するつもりはない。大きく息を吐くと一息に問う。

「単刀直入に聞きますが、遠藤先輩の弱点を教えてもらいたいんです。町山先輩は十五年以上の付き合いの大親友でしょ。どんなささやかな情報でもいいんです。お礼は弾みます」

予想通り、町山先輩はたちまち顔を真っ赤にし、ばたばたと大きく手で扇いだ。

「はあ？　何言ってんだよ。そんな、ダチを売るような真似《まね》、俺にはできないよ」

私が目配せすると、東十条が一歩前に出て、厳《おごそ》かに口を開いた。

「もし、彼の弱点を教えてくれたら、私が連載を持っている週刊誌で大々的に君の劇団のことを取り上げよう。約束する。自慢じゃないが、私がエッセイで紹介したというだけで、無名作家の舞台や展覧会に、同世代のファンが詰めかけたことは一度や二度ではないよ」

熊《くま》のようにつぶらな瞳をしばたたかせ、先輩はごくりと唾《つば》を呑む。やがて恥と媚びの入り交じった笑みを浮かべた。

「遠藤は親友だけど……。お前との付き合いもあるしなー」

よし、狙《ねら》い通り――。にやりと笑い、先輩に勧められるまま、東十条と並んでいそいそと最前列の客席に腰を下ろす。

「あいつの弱みねえ……。ギャンブルも酒も女も興味ないって感じだし。趣味は読書とゴルフと舞台鑑賞。出世狙いの結婚と思いきや、奥さんにはぞっこんで子煩悩《こぼんのう》……。まあ、相手によって態度が微妙に変わるし、素のキャラがいま一つよくわからんが」

私は苛々《いらいら》して舌打ちを嚙《か》み殺す。そんなことが聞きたくてこんな場所まで来たわけではない。この三日間、東十条と手分けして、あらゆるツテを頼って遠藤先輩のゴシップを漁《あさ》ったのだが、驚くほど何のホコリも出てこなかったのだ。

仕事が早く終わった日はまっすぐ家に帰り、なによりも家族と過ごす時間を大切にしている。そのくせプライベートはほとんど口外せず、家族写真を持ち歩くこともない。すべては謎《なぞ》に包まれていた。こちらは本名に住所、過去の男関係からおおよその年収、あげくは作品を通して心の中までバレているというのに。改めて、編集者という立場がいかに守られているかということを痛感する。

「うーん。別にバレたところで、あいつの評判が下がるわけじゃないから言うけど、強《し》いていえば、サンタクロースかな……」

「サンタクロース？」

私と東十条は顔を見合わせた。

「ああ、あいつは自分の娘にサンタクロースを信じ込ませるために、金と時間を惜しみなく使っているんだ。狂信的と言ってもいいくらいの情熱でね」

「ふうん……。ええっと、お嬢さんて確か十歳と八歳よね。そろそろサンタは居ないって気付いてもおかしくない年齢じゃない？」

「まあな。あいつもいつかはエックスデーが来ることくらい覚悟してる。だけど、できるだけサンタクロースを信じている時期を引き延ばしたいみたいでさ。毎年、すごく大がかりな演出をしてるんだよ。あの家、奥さんもお嬢様育ちでロマンチストじゃん。夫婦揃ってノリノリでさ」

「お金持ちの道楽って感じね」

「昨年なんかわざわざ軽井沢まで行って、煙突と暖炉のあるログハウスを借りて、トナカイまで用意したんだぜ。ここだけの話、俺もシナリオを書いたり、サンタ役にふさわしい白人の俳優を紹介したりして、協力しているんだ。この通りのデブ声だからサンタになりすましてお嬢ちゃん達に電話かけたりさ……」

　大人げないとわかっていても、面白くない思いでいっぱいだった。担当作家には厳しい現実をこれでもかと突きつけるくせに――。自分の家族だけは指一本触れさせず、甘い夢を見させたまま無傷で幸せいっぱいに育てたいロイヤルリッチな遠藤一家。彼らに不当に搾取《さくしゅ》されている気がするのは、被害妄想が過ぎるだろうか。とにかく、ずっと味方だと思っていたのに私をああいう形で裏切ったのだから、遠藤先輩にも同じくらいショックを味わってもらわないと気がすまない。いつも憎たらしいくらい泰然《たいぜん》自若《じじゃく》としている先輩が一度でいいから思い切り傷つくところをこの目で見てみたい。

「今年のクリスマスはどうなっているんですか？　遠藤先輩は今年はどんな演出をするつもりなんですか？」

東十条も身を乗り出した。

「悪いようにはしないよ。教えなさい。お礼を弾もう」

額の汗が拭《ぬぐ》っても拭っても滲んでいることから、私達の気迫に町山先輩が押されているのがよくわかる。クリスマスを台無しにする緑の悪魔、グリンチにでもなった気がして、私と東十条は親子のようにそっくりな、性悪な微笑をいっそう強くした。

有名私立大学のグリークラブによる「ジングルベル」がロビーいっぱいに響き渡っている。その清らかな歌声に、テーブル席の宿泊客達はうっとりと聴き惚《ほ》れていた。ダイヤを繋《つな》いだような優雅な形の「オークラ・ランターン」の優しい灯りが、辺りを飴色《あめいろ》の柔らかい光で満たしている。

吹き抜けに聳《そび》える巨大なクリスマスツリーはゴールドやシルバーの飾りを基調としたたいそう豪華なもので、行き交う人々の多くが足を止めて見上げている。柱に使用した脂松《やにまつ》材の深い焦《こ》げ茶色がなんとも目に落ち着く。壁に飾られたリースもどっしりと重厚だった。さすがはホテルオークラ。周囲の華やぎのおかげで、化粧室で着替えたばかりのトナカイの扮装《ふんそう》でもさほど目を引くこともなく、エントランスを横切ることができる。ライブ客の中に、遠藤夫婦の姿を見つけ、私は東十条に目配せした。まあ、なんと幸せそうなこと――。そうやってくつろいでいられるのも今のうちだ。

「うわっ、ママ。サンタのおじさんとトナカイのおねえさんだ」

小さな男の子の声に、周りの人間が一斉に振り返り、小さな歓声があちこちで起きる。東十条が困ったように咳払いをした。私にどつかれると慌《あわ》てて、

「ホーホーホー」

とぎこちなく発音し、さらなる歓声が起きる。こんなふうに見世物になるのは、彼の人生でおそらく初めてなのだろう。予想したよりはるかに、紅白の衣装に付けひげが似合っている。ドン・キホーテで買った安物の衣装もつるつるした素材のひげも、恰幅《かっぷく》のいい整った顔立ちの彼が身に着けると様になるから不思議だ。認めたくはないが、六十代半ばになってなおモテるのも無理はないのかもしれない。子供達を失望さ

せるために、わざとチープな出で立《いた》ちをしているというのに、この人選は逆効果かも、と少し不安になってくる。しかし、トナカイの被り物にミニ丈の茶色のワンピース、ショートブーツ姿の私はあたかも居酒屋の呼び込みバイトふうだから、足して二で割ればほどよいクオリティだ。エレベーターホールに速足で向かっていると、声をかけられた。

「あの、失礼ですが、お客様方は……」

振り向くとボーイさんが困ったように首を傾《かし》げている。私は立ち止まらず、にっこりして用意しておいた台詞《せりふ》をすらすらと転がした。

「ご宿泊の遠藤ご夫妻から依頼を受けて出張しました。あちらのクリスマスソングライブが終わるまでの間に、お嬢様方へプレゼントをお届けし面倒を見るように、とのオーダーでして」

文鋭社のエースにして役員の娘を嫁にしただけのことはある。高級ホテルで家族揃ってイブを過ごすなんて、なんというリッチなクリスマスだろう。正月明けまで締め切りでパンパン、今夜は肩に湿布を貼りながらケンタッキーの箱入りフライドチキン片手に原稿を書く予定の私とはまさに天と地の差だ。こういう愚痴を口にするだけで「それはお前が選んだ道だろう。作家の道は甘いものではない」と鬼の首でも取ったかのように説教しそうなところも、今やぶっ殺したいほど腹立たしい。

「さようでございましたか。失礼しました」

何か思い至った様子で、ボーイさんは慌てて頭を下げ、離れていった。ロビーから追いかけてきたらしい支配人ふうの男性が、さっと割り込んでくる。

「遠藤ご夫妻宛《あ》ての業者様でいらっしゃいますか。お話はあらかじめ伺っております。大変申し訳ありませんが……、ご予定のお時間は、ライブが終わってご夫婦が部屋に戻られる八時ではございませんでしたでしょうか？　確か、ご家族揃ってサンタクロースを迎えたい、とお話しされていたような――」

来た、来た、来た!!　私は素早く東十条に合図する。支配人の一見穏やかな視線は怜悧《れいり》な光を秘めていて、こちらを不審者扱いしているのが見て取れた。この辺りは大使館が多いため、テロ防止マニュアルが徹底されていると何かで読んだ。

「いえ、先ほど遠藤様から変更のお電話を頂きました。せっかくなら、子供達だけでサンタクロースと対面させたい、と。自立心を養う貴重な経験をさせたい、とのことでした。申し訳ありませんが、約束の時間が迫っておりますのでこれにて失礼します」

言うなり、折良くやってきたエレベーターに東十条の腕をとってさっと飛び乗る。

困惑を隠せない支配人の顔が見えなくなり、ひと安心だ。

遠藤家のクリスマスイブのスケジュールは、町山先輩からすべて聞き出した。この五日間で私達が練り上げた計画はこうだ。町山先輩の用意した外国人俳優のサンタクロースの登場時刻より一時間早く、我々がサンタになりすまして娘達の前に現れる。彼女達が願ったものと同じプレゼントを差し出す。そしてこう告げるのだ。

――本物のサンタはこの世に居ない。今までのサンタはすべてお父さんが仕込んでいたの。事前に欲しいものをリサーチして準備していたのよ。その証拠に、私達が居なくなった後すぐにもう一人のサンタがやってくる。これと同じプレゼントを持ってね！　メリークリスマス。

茫然《ぼうぜん》とする娘達を残し、素早くずらかればミッション終了――。完璧な家族の団欒《だんらん》を思い描いているであろう先輩が、泣きじゃくる娘達に、

――サンタクロースは居ないって本当なの⁉　お父さんの嘘《うそ》つき。

と責め立てられる光景を想像するだけでゾクゾクしてくる。遠藤家に黒歴史として永遠に刻まれることは請け合いだ。少しも良心は痛まない。有森光来にかかりきりでこちらはないがしろ。信頼を裏切ったばかりではなく、担当作家を勝手に自分の中でランク付けし、書き手なんて競走馬くらいにしか思っていない男。自分だけが安全な

夢の中にいられると思ったら大間違いだ。編集者と作家は運命共同体。こちらが落ちる時は一緒にとことん落ちてもらいましょう。

チン、と音がして、エレベーターが左右に開いた。私と東十条はうなずき合い、廊下に降り立つと部屋を目指してまっしぐらに進む。830号室の前まで来るとドアをノックした。東十条宗典もだんだん芝居の呼吸を摑んできたらしく、

「ホーホーホー!!　良い子のお嬢ちゃん達、サンタのおじさんとトナカイが贈り物を届けに来たよ〜〜」

と陽気な声をあげた。ガチャリ、とドアノブが下がる音がして向こう側に戸が開く。ドアチェーン越しに、こちらの目線の高さよりはるか下で、小さな女の子二人が、くっつき合って私達を見上げている。ともに遠藤先輩そっくりの神経質そうな表情に縁なし眼鏡をかけていて、私は危うく噴き出しそうになった。背後にはびっくりするような豪華な部屋が広がっている。

「何かご用ですか?」

身長の高い姉らしきほうが、猜疑心《さいぎしん》に満ちた表情で私と東十条をじろじろと見比べている。彼女の名前は確か桜子《さくらこ》ちゃんと言うのだっけ。

「サンタクロースのおじさんとトナカイのおねえさんよ。ね、中に入れてよ。お嬢ち

ゃん」

「知らない人をお部屋に入れてはいけないと言われているので」

大人びた口調に私はやや不安になってきた。さすがは名門私立のお嬢様小学校に通っているだけのことはある。危機回避能力は父親譲りか。

「あらあら、知らない人じゃないでしょう。子供はみんなだーい好きなサンタさんだよ？」

「去年のサンタさんと随分、違うんですね」

「えっ」

咄嗟《とっさ》のことに思わず口ごもる。てっきりサンタというだけで、手放しで大はしゃぎするかと踏んでいたのに。ここまで冷静な態度は想定外だ。

「そんなことないよ、おじさんは本物のサンタだよ。ホーホーホー！　二人が楽しみにしているおもちゃを持ってきたよ！　お姫様セットと絵本をね！」

東十条の精一杯のオーバーアクションもむなしく、桜子ちゃんは腕組みをして、ぴしゃりと言い放った。

「去年のサンタは外国人のおじさんで太っていて、お芝居ももっと上手でしたよ。もしかして、お部屋を間違えてるんじゃないんですか？　パパがこんな大根役者を雇うわけがないわ」

「お芝居？　え、ちょっと待って……」

びっくりしていると、ずっと黙っていた妹までが、こちらを睨《にら》みつけた。この子の名はそうそう、緑子《みどりこ》ちゃん。

「知ってるよ。サンタはお父さんなんでしょ。学校でみんながそう言ってた」

そんな――。準備にかけてきた時間を思うと全身から力が抜けていく気分だ。東十条までがっくりと肩を落としたのがわかる。

「でも私達、パパを喜ばせたいから、信じているふりをしてあげているの。パパには夢を見させてあげたいから。それが子供の務めだから」

桜子ちゃんの放った言葉が胸に刺さった。夢を見させてあげる――だと？

唐突に大和田浪江の紅潮した顔が脳裏に蘇ってきた。

そうか、そうだったのか。

どうして初対面であんな暴言を吐かれたのかずっと腑《ふ》に落ちなかったのだが、私は今、唐突に理解した。

彼女は純粋に私に期待していたのだ。私という作家を通して、夢を見いだそうとしたのだ。裕福な家庭で育ち大手化粧品メーカーに就職した大和田浪江が何故《なぜ》、きわめて不安定なフリーの書評家という仕事を選ぶに至ったのか、その経緯はわからない。でも、そこには必ず、フィクションの世界が見せてくれる夢への渇望《かつぼう》があったはずだ。改めて、有森光来がどうしてあれほど人を惹《ひ》きつけるのかがわかった気がした。筆力が素晴らしいからでも、美少女だからでもない。行間から立ち昇っているのだ。表現欲のためだけにしか生きることができない不器用さ、どうしても何かを伝えずにはいられない鬼気迫る情熱。彼女の存在はそれだけで、読者に夢を抱かせる。

『おばあちゃんをリツイート』という作品を発表したことで、私は読者がこちらに夢を託すことを完全に拒否したのかもしれない。やったことに後悔はない。でも、小さい子供ですら大人のニーズを察知して芝居していると知った今、なんだか言葉が出てこない。ああ、どうせマーケティングするのならば、ここまで徹底すべきだった──。

「あ、パパとママが帰ってきた！　パパ、ママ！」

桜子ちゃんの叫び声に東十条と私は跳び上がった。振り向けば、絨毯《じゅうたん》の敷き詰められた廊下の先のほうで、エレベーターの扉が開き、正装した遠藤先輩と、ツイードのツーピース姿の奥さんらしき小柄な女性が現れたところだった。まさか、クリスマスライブが終わるのがこんなに早いなんて。

「パパ、ママ、ニセサンタとニセトナカイ！　早く来て」

　桜子ちゃんと緑子ちゃんに大声を出されて困惑した。東十条が私の手首を摑《つか》み、慌ててエレベーターと反対の方向に駆け出した。たまったものではない。無我夢中で走りながらも、逃げ道をまるで確保していないことに気付き、目の前が真っ暗になった。こちらの不安を察したのか、東十条が早口でささやいた。

「この先に一見、客室と変わらないドアだが、非常階段に通じている入り口がある。そこを使って脱出しよう」

　なんでこの男、そんなことを知っているのだろう。疑問を口にする余裕もなく、彼に導かれるままドアの一つに飛び込んだ。後で聞いたところによると東十条はその昔、ここオークラで人妻と密会をした際、夫に踏み込まれ、この方法で逃げ延びたのだった。

4

　ずっと前から楽しみにしていた、妻の大学の後輩であるグリークラブの歌声も、遠藤の心を和ませてはくれなかった。傍らの妻が何度も腕をとり、

「大丈夫？　顔色がよくないわ。部屋に戻りましょうか、パパ」

といかにも心配そうにささやくほどだった。

「大丈夫、大丈夫。さっき社でいろいろあってさ。もう大丈夫だから」

と笑いかけると、ほっとしたように腕に手を絡《から》ませてきた。

初めて上司の家のホームパーティーで出会った日から少しも変わらない可憐さに見とれてしまう。ものすごい美人ではないが、童女のようにふっくらした頬、優しげな細い目や穏やかな物腰に惹きつけられ、一目で恋におちた。はかなげな佇《たたず》まい、何不自由ない人生を送ってきた者に特有の無邪気さと気品に、いつも救われている。出世のための結婚だ、と陰口を叩かれても、遠藤は構わなかった。世間知らずでロマンチック趣味なところには時々手を焼かされるけれど、彼女の傍で生きていけば、失われた子供時代を取り戻せる気がした。娘二人も妻のような女性に育ってほしい。夢見ることを忘れず、少女のままの感性を持った優しい女性に。そのためには親が命に代えてでも全力でそのイノセンスを守らねばならない。

貧しい母子家庭に育ち、少年時代に一度もサンタからのプレゼントをもらったことのない遠藤にとって、聖夜を完璧に演出することは、そのまま自分を救済することにも繋がっていた。七歳の夜、酔った母に投げつけられた言葉が今でも胸の棘《とげ》となって消えない。

――サンタクロースなんて、暮らしに余裕がある家にしか来ないのよ。あんたみたいな子供のところに一生来るもんですか。

あんな悲しい思いは自分だけでたくさんだ。金と人脈を駆使し、サンタクロースを娘に信じ込ませる苦労に、なんの疑問も持っていない。友人の町山があきれているのは知っているが、笑いたいやつは笑えばいいさ、と開き直っていた。昔から、「冷たい」「心がない」と言われ続けてきた。娘達だけはそんな大人にしたくない。

とにかく家庭を一番に優先、信用できるのは結局、自分と身内だけだ。編集の仕事にはもちろんプライドを持っているが、家族を犠牲にしてまで邁進《まいしん》しようとは思わない。作家に惚れ込むあまり、私生活がぼろぼろになった先輩をたくさん見てきた。尊敬はするが、ああはなりたくない。集中すべき時は集中し、これぞという作家にサポートは惜しまないが、時には切り捨てることも大切だ。人生すべてを賭《か》けて作品を生み出すのは作家の仕事、自分はあくまでその助っ人《と》なのだから。担当した作家全員を成功に導きたいのはやまやまだけれど、毎年、何人かに見切りをつけざるをえない。そうでないと自分も家族も守れない。

今年デビューした有森光来は、十年に一度出るか出ないかの天才だ。遠藤は下読みの段階で完全に心を射貫《いぬ》かれていた。彼女が圧倒的に無垢《むく》で、その才能を自分でもどう使いこなすべきか途方に暮れているようなところにも無性に惹かれた。他の担当作家のように――例えば東十条宗典のように同じテーマを積み重ねることで固定ファンを増やしていくことも、有森樹李のように読み手が必要とするものを自分のストックから取り出して見せ、己の業《ごう》ごと昇華するようなプロデュース能力も、有森光来は持っていなかった。

導いてやらねば。ほかでもない、この俺が。他の作家をないがしろにしてでも、どうしても彼女を育てたかった。しかし、その結果がこれである。

二時間前に文鋭社のラウンジで交わした有森光来の母親との会話を思い出す度、遠藤は自分の無力さに打ちのめされるのだった。

――娘はもう札幌に帰りました。次の作品を発表する予定はございませんし、万一また書き始めるとしても、担当はあなたでない方にお願いしたい、と申しております。

札幌で教師をしているという光来の母親は、娘とよく似た美人だが、硬い印象を与える厳しい眼差しの女性だった。必死に問い質《ただ》したところ、彼女はようやく語り出した。光来が週刊誌やネットの批評に深く傷ついていること。遠藤の指導が厳し過ぎてついていけないこと。東京の暮らしのスピード、出版業界のめまぐるしさに圧倒され、萎縮《いしゅく》してしまったこと。

——あれだけの才能を眠らせておくなんて、そんなことはできません。作家に批判や試練はつきものです。お嬢さんにどうか会わせていただけないでしょうか。

言葉を尽くして説得を試みたものの、光来の母親の態度が変わることはなかった。ああ、もっと慎重に詰めていけばよかったのだ。次回作のプロットがなかなか書けない光来に苛立ち、他の作家と比較するようなことを口にした。我を忘れて焦《あせ》り過ぎるなんて自分らしくない。それにしても、光来の精神がこうまで脆《もろ》いとは思いもしなかった。巻き返す方法はあるのか、そればかりをうじうじと思い悩んでいたのだった。

グリークラブは、妻の大好きな『ベイビー、イッツ・コールド・アウトサイド』を歌い出す。傍らで彼女が嬉《うれ》しそうに顔をほころばせ、肩を揺すっているのがわかった。

——ベイビー、外は寒いよ。もう行かないと。

その瞬間、心の中に真っ白な雪景色が広がっていった。遠藤は思わずグラスのワインを一息に飲み干す。ナフキンを畳むと、勢いよく腰を上げた。

「ごめん、部屋に戻ろう。子供達の顔を今すぐに見たいんだ」

妻を伴って、会場を後にし、エレベーターに乗り込む。そうだった。

イノセンスとは誰かに守ってもらうものではない。誰かが守らなければなくなってしまうものなど、そもそもイノセンスではないのだ。世間と闘って、一人一人が必死に守り抜くべきものなのだ。その方法を何故、光来に教えてやれなかったんだろう。なんだか無性に——、有森樹李のあざとくて雑なのに、不思議と勢いのある力強い小説が読みたくなった。みっともないまでにがむしゃらで計算高く、大嘘つき。だけど、彼女の負けないこと、変わらないことといったらどうだろう。娘達に教えるべきは、もしかするとあのエネルギーなのかもしれない。光来に有森樹李の本を贈ろう。急にそう思った。光来と比べれば作家としてのレベルははるかに下だが、今の光来に必要なものが確かに彼女にはある。とにかく、今は娘達を抱きしめて、心を温めたかった。

エレベーターの扉が左右に開く。その向こうに、遠藤は信じがたいものを目にした。一目散に走り去るサンタクロースとトナカイ人間を。約束の時間よりずっと早い。彼らは誰だ？

「パパ、早く来て！」

娘達の声で我に返り、慌てて彼らが消えて行った通路に向かって走り出す。そこには無数のドアに挟まれた赤い絨毯がまっすぐに伸びているだけだった。遠藤はぼんやりと考える。

信じ込ませる必要などあったのだろうか。彼らは本当に実在するのかもしれない。

5

着ていた服を入れた布袋は逃げる途中でどこかに落としてしまった。探しに戻るのはあまりにリスクが高過ぎた。私と東十条は虎ノ門までの道のりを、トナカイとサンタクロースの扮装のまま、のろのろと歩いている。薄っぺらな布地の衣装と、下に着たヒートテックだけでは体の芯《しん》まで凍えるようだ。この辺りは大使館が多く、各国のクリスマスの飾りが目についた。行き交う人がじろじろ見ているのがわかったが、もはやそんなことも気にならないほど疲弊《ひへい》していた。ホテルの非常階段を駆け下りる際、私は足を踏み外し、東十条ともつれ合うようにして階段を転がり落ちたのだ。体も痛いが心も痛かった。仕返しは大失敗に終わった。おまけに子供にまであっさり見破られ、穴があったら入りたいとはこのことだ。まったく何をやっているんだろう。遠藤先輩を困らせたところで、私の評価が上がるわけでも、光来に勝てるわけでも、まして本が売れるわけでもないのに。この五日間、サンタ作戦にかかり切りになっていて締め切り間近の原稿にまったく手をつけていない。ロスした膨大な時間を思うと、くらくらしてくる。こんなことなら、一行でもいいから物語を書いておけばよかった。

「恥ずかしくて電車に乗れないよ。タクシーで帰りたい。送ってよ」

「図々《ずうずう》しい女だな。しかし、手持ちの現金がない。コンビニを探してそこで下ろそう」

疲れ切った口調で東十条が言い、深くため息をついた。

「あーあ、最低最悪のクリスマスイブだわ……」

それもよりによって宿敵、東十条宗典と二人だなんて。鼻の奥がつんとしたので慌てて空を見上げる。灰色の雲で覆《おお》われた空は寒々としていて、天気予報通り、今夜は雪になりそうだった。せっかくのホワイトクリスマスを独り身のまま迎えると思うと、激しく惨《みじ》めだった。夏に別れた恋人が無性に恋しい。遠藤先輩には愛する家族が、東十条にさえ奥さんも愛人もいるというのに。

「いいよね。独りぼっちなのは私だけ……」

うっかりつぶやいてしまうと、後ろを歩いていた東十条が唐突に足を止めた。振り向くと、彼はしげしげと私を見つめていた。付けひげのせいで、表情を上手《うま》く読み取れない。

「前から思っていたんだが、君はどういうふうに育ったんだ」

「え?」

「君の作品は二作とも読んだ。しかし、作風が随分違う。良くも悪くも、育ってきた環境やパーソナリティがまったく見えない。君はどんな親に育てられた。どこで育った。きょうだいは居るのか。そもそも、今どこに住んでいるんだ」

私はどう答えるべきか考えあぐねた。いつになく、東十条は真面目《まじめ》な顔つきをしている。彼が私という人間の背景に興味を持つ日が来るなんて、山の上ホテルの頃は思ってもみなかった。近くの教会で鐘が鳴るのが聞こえた。これはクリスマスの奇跡か。

「『怠慢セックスのススメ』の六章で……」

「あの本の話はやめてくれ！　私の黒歴史だ」

「六章に書いてあったよね。三十年以上前、京都で一晩だけ愛し合った若く美しい芸《げい》妓《こ》のこと。彼女とはそれきり会っていないけれど、忘れたことは一日たりともないって。もし……」

寒さで潤《うる》んだ目で東十条を見上げた。彼の表情に稲妻のような閃光《せんこう》が走った。私達はしばらくの間、無言で見つめ合い、私達の吐く息が白く交わっていった。

「もしかして君は、その、彼女の……」

「ママはあの夜のこと、忘れたことないって」

「まさか」

「お父さんって呼んでも、もういいかな」

「…………」

「あなたに盾突《たてつ》いたのは、気付いてほしかったから」

東十条が突然、両手を広げた。思いがけないほどの力強さで引き寄せられたと思ったら、いきなり歩道に突き飛ばされた。痛めた腰を再び地面にしたたかに打ちつけて、悲鳴が漏れた。

「いってえ！　何すんだ、このクソじじい！」

仁王立ちになってこちらを見下ろす東十条は、すっかりいつもの傲慢《ごうまん》な面持ちを取り戻している。

「莫迦を言うな。そんなことあるわけがない。からかうのもいい加減にしろ。何故なら、あれは作り話だからな」

「げーっ、エッセイで捏造《ねつぞう》？　だっせー。あんた、もしかしてモテ自慢とかも全部嘘だったりすんじゃないの？」

腰をさすりながらガードレールに摑まって立ち上がる。東十条はふんと鼻を鳴らすと、頭から湯気を出さんばかりにして、ぷりぷりと先を歩き出した。

「うるさいっ。読者に夢を見せるのも作家の仕事だろうが！」

なんだ、私がさっき考えてたことと一緒じゃない——。思ったより、彼は高慢な人種ではないらしい。私はおかしくなって彼の後を小走りで追いかける。ドンファンを気取るのも、彼なりのサービス精神なのかも。

そうだった。自分の欲望に正直に生きることだって、立派なイノセンスの証《あか》しではないか。二作目を書く時、決意したことを思い出す。

どうしても書店員に名前を覚えてもらいたかった。読者の記憶に残るような目立つ作品を書きたかった。

大丈夫、まだ何も失ってはいない。本当のレースはこれからなのだ。大和田浪江をもう一度、私のファンにしてみせる。私を心底嫌いでいられる人間がそうそう居るわけがない。

ようやくコンビニが見えてきて、ほっとした。指先がかじかんでいる。東十条がお金を下ろしたら、肉まんと甘酒をねだってみようと思った。なに、銀座のホステスに買い与えているであろう着物やダイヤに比べれば安いもの。断じて借りにはならない。明日からはまた正々堂々と敵同士だ。

「うわっ、サンタだ。サンタがいる」

反対側の歩道で信号待ちをしている、揃いの塾のバッグを背負った小学生の一群がこちらを指さし、わあわあと騒いでいる。ふと閃《ひらめ》いた。なんにせよ、今はこのクリスマスイブを楽しむべきではないのか。

「ね、コンビニ前のガチャガチャを手当たり次第に出して、あの子達に配らない？遠藤先輩の子供達用のお姫様セットと絵本もまだここにあるじゃない。こんな寒い日まで受験勉強に追い立てられている彼らをねぎらおうよ。本物のサンタみたいに」

突っぱねられるかと思ったが、東十条は付けひげ越しににやりと笑った。

「そうだな。我々は作り話が得意だ」

そうと決まれば話は早い。私達は、クリスマスソングの流れる、おでんの湯気に満ちた温かいコンビニを目指して、競うように夢中で駆け出した。

第五話　私にふさわしいトロフィー

1

カラオケルームの窓越しに見える西新宿の夜景は、濃い赤やオレンジで彩《いろど》られ、縁日の金魚すくいのような華やかさで、私はしばし見入ってしまう。パークハイアット東京と都庁が一段と輝いていた。パークハイアットに宿泊するのは、ソフィア・コッポラの『ロスト・イン・トランスレーション』を見た頃からの夢だった。単なる高級ホテルではなく、どんな国にも属していないような独特の浮遊感に強く惹《ひ》かれる。スカーレット・ヨハンソンが演じるヒロインの孤独を取り囲んでいた、ひんやりと青白く透明なあの空間を味わってみたい。まだ、ティーサロンでスコーンを食べたことしかないけれど、いつかあの一室で冷たいシーツにくるまって都庁を眺めてみたいと思う。そして、おそらくそれは近いうちに実現するだろう。私、有森樹李がこのまま小説を書き続けられれば。

目標の一つ一つが恐るべきスピードと正確さで叶《かな》えられていく。あの頃はぼんやりと思い描いていただけのビジョンが現実となり、その真ん中に自分がちゃんと立っている。そのことは私をほんの少しだけ恐怖させる。無邪気に夢見ることを許された時代は今日で終わりを迎えるのだ。これからは自分一人のためだけには生きられない。周囲の期待にちゃんと応《こた》えていかねばならないのだ。

でも――。正直そんなことはどうでもいい。今夜だけは忘れてしまおう。朝まで騒ぐのだ。

「先輩っ、やっぱりここまで来たら、小室《こむろ》ファミリーは全部歌わないと。globeの『FREEDOM』入れますけど、マークのラップできますよね。ラップ！」

「よっしゃあ！」

滅多に酔っ払わない遠藤先輩の顔が真っ赤だ。ジャケットも靴も脱ぎ捨て、トレードマークの黒縁眼鏡までずり落ちて、ソファの上で跳びはねながら踊っている。こんなに上機嫌な先輩を見るのなんて何年ぶりだろう。

「なんだよ、焼きそばとカルピスって。中島、慎《つつ》ましいな〜。今日はめでたい日なんだから好きなもの頼め。俺のおごりだ」

「いいんですよ。カラオケルームで一番ハズレがないのって結局、焼きそばとカルピスサワーですから。あ、先輩、なんか追加します？」

「じゃあ、中ジョッキと唐揚げと揚げたこ焼き！」

延長はもう三回目。この分だと終電を逃すのは確実だ。遠藤先輩と私がカラオケに行くのは約十年ぶりだけれど、一曲目のクレイジーケンバンド『夜の境界線』をデュエットするなり、あの頃の呼吸がすごいスピードで戻ってきた。大学生の頃はサークル「てんや☆わんや」のメンバーと始発まで、ワンドリンクで歌いまくったっけ。今聴くとかなり気恥ずかしい九〇年代のポップスを好きなだけ歌うなんて、もはや昔なじみとしかできない。

「Wow Wow Wow Wow Yeah Uh〜〜」

懐《なつ》かしいイントロの後、私は目をきつくつぶり、発声練習で鍛えた渾身《こんしん》の雄叫《おたけ》びをあげた。滑舌の良さで知られる遠藤先輩の十八番《おはこ》、マーク・パンサーのラップが始まる。

「時を超え遥《はる》かかなた　HOW FAR YOU COULD BE FEEL IT, FEEL IT, FEEL IT〜」

「2人がどれだけ強いこだわりもって　世界が廻《まわ》るのを拒んでいたって〜」

私は昨日までの力のない新人作家、有森樹李ではない。全国の書店員が選ぶ業界注目の文学賞「書店員大賞一位」をめでたく受賞したばかりの有名人なのだ。すでに三刷目の『魔女だと思えばいい』が今後さらに売れることは、過去の受賞者達の躍進から見ても明らかだ。曲が終わると柄にもなく私達はハイタッチを決め、それぞれソファにどさりと体を預ける。

「はっきり言って、まさかここまで話題になるなんて思わなかったよ、刊行当初は。ま、それもこれも、みーんなお前の頑張りのたまものだよ」

「いえ、全部先輩のおかげですよ。『2人』で『強いこだわり』を持ってやってきて本当によかった。先輩、ありがとうございます。先輩と文鋭社さんのお力です。今後ともどうぞよろしくお願いします」

ふいに、彼は皮肉っぽい笑みを浮かべた。

「そうやって、心にもないこと、すらすら言えるようになったんだ。たいしたもんだな」

ぎくりとしつつも、愛想笑いは崩さない。編集者のプライドの高さと冗談の通じなさには何度も痛い目に遭っている。たとえおべっかぽく響いても、ことあるごとにしつこいくらいに感謝の言葉は伝えねばならない。

「俺なんてマジで何もできなかったよ。あはは。編集者はいつだって部外者だ……」

先輩は深々とため息をつき、ソファに身を沈めている。目がとろとろして、今にもくっつきそうだ。飲み過ぎると寝てしまうくせは、昔から変わらない。先輩の自宅までおぶって帰れるだけの体力が三十四歳の自分にあるのかなあ、と私は苦笑する。最悪、奥さんに電話するしかないだろう。

先輩の寝顔を見つめるうちに、胸の中にほの暗い気持ちが広がっていく。有森光来の一件以来、私達の間からかつてのような親密さは消えた。つい最近も大喧嘩《おおげんか》をやらかしたばかりで、こんなふうに一緒に過ごすのは本当に久しぶりだ。もはや、彼の意見に従ってばかりもいられない。正直なところ、作家仲間と遠藤先輩の悪口で盛り上がったことは何度もあるし、それは向こうも同じだろう。不信感が募《つの》り、打ち合わせで顔を合わすことが苦痛だったこともある。それでもやっぱり、ここまで導いてくれたのはほかでもない遠藤先輩なのだ。友達でもないし、単なる仕事相手とも呼べないし、パートナーでもない。だけど時々ふっと心が通じ合う瞬間が、まったくなかったとは言えない。この関係はやっぱり作家と編集者ならではなんだと思う。

こうして今は打ち解けているけれど、彼の存在がいつ私の足を引っ張るようになるかわからない。これからは小さな風評が命取りになるだろうから、私の学生時代からプライベートまでよく知る彼の存在はもしかするとネックになるかもしれない。付き合い方にも気を付けねばならないし、いざとなったら切ることも必要だ。だんだん他人に心を許せなくなっている自分が、ふと寂しくなった。

そう、先輩が言った通り。本が飛躍的に売れたのは、彼の力でもないし、文鋭社の力でもない。昨年九月に出版されたデビュー三冊目の書き下ろし長編『魔女だと思えばいい』は発売当初まったく話題にならなかったのだ。誰がここまでのヒットを予想しただろう。独身女性と既婚女性の友情とその終わりを淡々と描いた地味な物語である。とはいえ、二冊目の『おばあちゃんをリツイート』とは打って変わって玄人《くろうと》筋の評判もよく、私としては気に入ってもいるのだが、宣伝用のポップに起こしにくい内容に加え、控えめな惹句《じゃっく》とくすんだグレーの表紙は書店で平積みされても、まるっきり目立たなかった。取り扱いのない店舗も多かった気がする。

状況がひっくり返ったのは、あの一件からだ。


その日も、アポを取った書店員が現れるまでの間、私は事務所のパイプ椅子《いす》に腰掛け、万引き犯の写真を見つめていた。鮮明な画像ではないけれど、上下スウェット姿にボサボサ頭、縁なし眼鏡をかけた大学生くらいの男の姿に、なんとなく見覚えがあるような気がしたのだ。監視カメラを意識しながら、本を次々に紙袋に滑り込ませ、何くわぬ顔でレジ前を通過し、店を後にするまでの一連の行動が、まるでぱらぱら漫画のように連続して引き伸ばされている。

　書店まわりをするようになってから、私の心は荒《すさ》みつつあった。書店のバックヤードほど、売れない作家を孤独にさせる場所もない。自分がどこにも所属していなくて、将来も不確かで、まだ何者でもない現実がまざまざとむき出しになるのだ。昔、商店街の小さな書店で短期アルバイトをしていたことはあるけれど、著者として訪れると、見える景色は全然違った。

　規模や品揃《しなぞろ》えにかかわらず、書店の裏側はどこもよく似ている。本や新刊のポスターや販促物で埋め尽くされているが、不思議と雑然とした印象はなく、よそよそしいくらい整理されている。デスクにはサインペンが色分けされ、アクリルケースに収納されている。それでいてオフィスという感じはしない。表ではにこやかな書店員達がここでは厳しい表情で、同僚と目を合わせようともせず、ほとんど言葉も交わさない。私のような部外者がじろじろ観察していても気にする様子もなく、パソコンで発注を行い、ポップを書き、黙々と作業している。その有り様は、書店はステージでここは楽屋、自分が知っている書店員の仕事なんてごく一部だということを実感させられる。そして必ずと言っていいほど、こうして一番目立つ場所に、監視カメラが捉《とら》えた万引き犯の画像のポスターが貼《は》られているのだ。

何故《なぜ》だろう。写真の男からどうしても目が離せない。

もしかして——。駅ビル内にある大型書店、ここ隣々堂《りんりんどう》書店恵比寿《えびす》店を訪れる一時間前に足を運んだ、新宿の書店でも……。いや今日に限らず、他の書店のバックヤードでもこの男の写真を目にしてはいないだろうか。妙な既視感に胸がざわついて、食い入るように見つめてしまう。ひょっとすると、都内の店を順繰りに荒らしている常習犯なのかもしれない。あまりにも集中して見つめていたものだから、カリスマ書店員の須藤純一《すどうじゅんいち》が声をかけてきた時は、跳び上がりそうになった。

「初めまして、有森です。今日はお忙しい中、お時間いただきどうもありがとうございました」

慌《あわ》てて腰を上げ、テーブルにくっつくほど頭を下げる。須藤はにこりともせず、かすかに眉《まゆ》を上げただけで、向かいの椅子に腰かけた。隣々堂のユニフォームである明るいピンクのエプロンは怜悧《れいり》なポーカーフェイスにそぐわず、ちぐはぐな印象だ。三十代後半の彼は出版業界では知らない者はいない超有名書店員だ。彼が作品の魅力をキャッチーに表現したポップを書けばどんなマイナーな作品でも注目されるし、最近では新刊の帯を書いたり週刊誌の書評を引き受けるなど活躍の幅を広げている。鼻筋の通った青白い端正な顔立ちと、大物作家にも版元にも等しくぶっきらぼうな態度から「ポップ王子」なる異名をとり、独身主義であることも手伝って一部ではアイドル並みの人気を誇っているとか。

「あのよろしければ、これどうぞ。お口に合えば……。お忙しい中、お時間いただき本当に申し訳ありません」

精一杯の作り笑いを浮かべ、新宿伊勢丹《いせたん》で買ってきたかりんとうの袋を差し出す。我ながら媚《こ》び過ぎているということくらいはわかっているが、もはや生命線は書店員なのだ。彼らの評価が直《じか》に売り上げに結びつくのは、歴然とした事実だった。須藤は冷たい表情を崩さず、かりんとうに目を向けようともしない。

「作家から金品は受け取らない主義ですので、こういう贈り物は困ります」

「あっ、失礼しました。あの、今日は、手書きのポップを作ってきました。色紙も。置かせていただけますよね？　あとサイン本も……」

へこへこしながら、かりんとうを素早く引っ込め手製のポップを机の上に並べた。ラメ入りのサインペンと携帯電話用のデコシールで目一杯キラキラさせているそれは、ありったけの金と時間をかけて自分で作ったものだ。表紙があれだけ地味なのだから、いくら派手に飾り立ててもやり過ぎるということはないだろう。文鋭社の営業は新人の売り出しに力を入れるほうではなく、今のところ販促物を用意してくれる気配はない。色紙に目を落とすなり、いきなり須藤は失望の色を滲《にじ》ませた。

「あなた、有森光来さんではないんですね？　すみません。光来さんの方だとばかり……。電話を取り次いだバイトから文鋭社新人賞の有森さんと聞いたものだからてっきり……。申し訳ないんですが、あなたの本は読んだことがないんですよ」

傷つく寸前のにぶい痛みを胃に感じ、できる限りのはしゃいだ声で、いつものように「鉄板自虐《じぎゃく》ネタ」に向かって転がしていくことにした。書店で、心の声をさらしてはならない。

「すみませーん。同じ受賞者でも彼女は一年後輩なんでーす！　私は業界では『才能がないほうの有森』って呼ばれているくらいなんで！　キャハハ！」

光来に間違われ相手をがっかりさせるのは、書店まわりの最中だけでも三度目だ。たった一冊の本を出しただけで出版界からフェードアウトした光来は、その神話性からかえって熱狂的なファンを摑《つか》んでいた。がつがつと新刊を出し、編集者や書店員に媚びまくっている私とは好対照だ。正直に言おう。うらやましい。

とにかく、今は何を言われようと、どんな無礼な扱いをされようと、決して相手を責めたり声を荒らげてはいけない。書店員や編集者のネットワークをなめるととんでもない目に遭う。傲慢《ごうまん》な勘違い新人だと吹聴《ふいちょう》されたらおしまいである。現に今日の出《い》で立《た》ちも、安物のセーターと高校生の頃から愛用しているドゥファミリィの長めのプリーツスカートだ。先輩作家のアドバイスに従い、新人の貧しさアピールで同情を誘う作戦だった。

相手を取り込むためにも心を早く麻痺《まひ》させて、たくさんしゃべり「面白キャラ」を定着させるしかない。怒ることも傷つくことも、感情をたっぷり使うのは売れてからやればいいことだ。私は道化のごとくへらへらと笑みを張り付かせ、ゴリ押しでサイン本を十冊作らせてもらうことになった。目を吊《つ》り上げサインペンを走らせる私を見下ろしながら、須藤はなおも不審そうに尋ねた。

「あの……、こういう時、編集者さんは同行されないんですか？」

「ええ、予定が合わなくて〜〜。ていうか、私みたいな売れない作家についてくるほど暇じゃないみたいですね〜。キャハハハ」

それは半分、嘘《うそ》だった。遠藤先輩がまったく連絡をよこさないものだから、私はやけになって一人で書店まわりをすることを決めたのだった。自ら書店にアポを取り、スケジュールを組んだ。『魔女だと思えばいい』の装丁の件で揉《も》めてから、彼のことが許せなくなっている。こちらの意見はまるで聞き入れられず、先輩の推《お》す無名のイラストレーターによる冴《さ》えない表紙に決められてしまった。私は激怒し、すぐに口論になって、本が書店に並ぶようになってからも互いにほとんど連絡を取り合わなくなっている。仕方なく私は本来編集者の領域である、おべっかセンスやコミュニケーション能力を発揮しなければならなくなった。

「あの、お手すきの時にでも是非是非、目を通してみてくださいね。今までに出した三冊のうちどれかでいいんで。ホント、よろしくお願いします。私のような名もなき新人は書店さんだけが頼りですんでっ」

相手がうんざりするくらい笑顔でしつこく念押しし、ぺこぺこ頭を下げながら、バックヤードを後にする。後ろ手にドアを閉めて、大きくため息をついた。さっきまでの空間が嘘のように、私の前にはビルのワンフロアをまるまる占める大型書店の売り場が広がり、喧噪と色の洪水に目がくらみそうになる。平日の昼間とは思えないほど客の数は多く、レジ前には長い行列が作られていた。こんな光景を目にすると、出版不況なんて信じられない。新刊台にはそうそうたる人気作家の名がずらりと並び、書店員や営業の渾身のポップで彩《いろど》られている。自分の本を探そうとして、私はすぐにやめた。

これでは、売れなくて当然かもしれない——。世の中にはこれだけの作品が溢《あふ》れているのだ。何が楽しくて、千五百円も払って私なんかの本を買う人間がいるというのだろう。素晴らしい本はいくらでもある。ああ、莫迦莫迦《ばかばか》しい。売れてもいないのに書店まわりなんて時間の無駄だ。つくづくそう思った。愛想笑いしている暇があったら、少しでもいい文章を書いたり、心から好きな本を読んだりするほうがずっとずっと有効だ。さっさと帰ろう。踵《きびす》を返して、新刊台の前を横切ろうとしたその時。

重たげな紙袋を手にした煙草《タバコ》くさい男と軽く肩がぶつかった。すみません、と小さく謝って、何気なく彼の青白い顔を覗《のぞ》き込んだ瞬間、息を呑《の》んだ。

「あっ!!」

おびえたように目を逸《そ》らした彼は、先ほどバックヤードで目に焼き付けたばかりの万引き常習犯ではないか。まさか——。私は咄嗟《とっさ》に彼の手首を摑み、力ずくで紙袋をひったくる。案の定、中には京極夏彦《きょうごくなつひこ》や宮部《みやべ》みゆき、東野圭吾《ひがしのけいご》や三浦《みうら》しをんらの新刊がぎっしりと詰まっていた。「短冊《たんざく》」が挟まっていることから見て、会計前であることに間違いはない。私が顔を上げるのと、男が私の手を乱暴に振り切って走り出したのはほぼ同時だった。

「待って！」

私の大声に、客の何人かが振り返る。文庫コーナーの棚の向こうに素早く姿を消した彼を見とめ、私は重たい紙袋を抱えたまま、ブーツの踵《かかと》でフロアの床を蹴《け》った。

「ちょっとあんた、待ちなさいよ！　すみません、その男、万引きです！」

許せない。物を盗むからではない。書店に迷惑をかけるからでもない。男が超人気作家の本しか盗んでいないことが私の神経をかつてないほど逆撫《さかな》でした。この完璧《かんぺき》なハズレなしラインナップ——。おそらく自分で読むためではなく転売するためだろう。

きっと彼にとって、作家と呼ばれる人間は誰でも知っている〝ベストセラー工場〟のような人だけで、それ以外はゴミ同然なんだろう。こういうやつが、読書にさして興味がないくせに、ネームバリューにだけはやたらと弱く、アマゾンの星の数だの読書メーターだのにざっと目を通して作品をわかった気になっている連中が、日本の出版界をだめにしているのだ。もう我慢ならない。何がなんでも警察に引き渡してやる。

男の動きはすばしっこく、隣々堂恵比寿店はただでさえ広く迷路のように書棚が入り組んでいる。客の頭が邪魔になって、何度も見失いそうになりながらも私は執拗《しつよう》に彼を追った。

「泥棒！　泥棒！」

雑誌コーナーで立ち読みしている女子高生を押しやりながら、夢中で叫ぶ。書店員の一人が驚いた顔で振り返った。男が一目散に出口を目指しているのがわかる。まずい、このままでは逃げられる。私は思わず、手にしている紙袋の中を覗き込み、一番ぶ厚い京極夏彦の新刊『ルー＝ガルー２』を抜き取った。京極先生、すみません、後で絶対に買いますんで、と心の中で唱えながら、円盤投げの要領で本を掴むと、その場でぐるぐると回転した。

「おんどりゃー！」

私の手からぱっと離れた『ルー＝ガルー２』は、隣々堂の天井すれすれに美しい放物線を描き、新刊台や書棚をいくつも飛び越えて、五メートルほど離れた位置にいた万引き男の後頭部を直撃した。

「いってえ！」

男が頭を押さえてうずくまったので、私はこれ幸いと駆け寄っていく。男をブーツの踵で蹴り飛ばして馬乗りになると、あおむけの彼が万歳の格好になるように両手を押さえつけた。大学生の頃『ウエスト・サイド・ストーリー』の「ギャングその３」を演じた時に身につけた身体能力がこんな形で活《い》かされる日が来るとは。プリーツスカートがめくれて60デニールのタイツに包まれた太腿《ふともも》が丸見えだけど、直す余裕はどこにもない。

「いってえな、何すんだ、ババア、ブス、デブ！　放せよ！」

私の下になった男は顔を真っ赤にしてわめき、激しく藻掻《もが》いている。私は拳《こぶし》を握り、思いきり彼の横っ面《つら》を殴りつけた。

「ガタガタぬかすとブチ殺すぞ！　このゴミ野郎！」

ありったけの怒りを込めて腹の底から声を振り絞ったら、男は青ざめたちまち大人しくなった。

「どうせ盗むなら、売れっ子以外の本もちゃんと盗め！　口惜《くや》しかったら自分が本当に欲しい本探して盗め！　犯罪者のくせして、世の中のものさしに従ってんじゃねえよ！」

一息にそう言い放ち、できる限りの険しい形相で睨《にら》みつけると、なんだか気分がせいせいしてきた。思ったことを言うのはなんと爽快《そうかい》なことか。その時、割れるような拍手で私は我に返る。ふと辺りを見回すと、大勢の書店員に取り囲まれていた。須藤が先ほどとは打って変わって、感に堪《た》えぬといった表情で一歩前に出た。

「この男、新刊ばかりを狙《ねら》った窃盗グループのボスなんです。うちだけじゃない。東京のあらゆる大型書店が、被害に遭っているんです。なんとお礼を言っていいのか……」

ポップ王子は輝くばかりの笑顔を見せ、私に手を差しのべた。端正な顔に対して、その手は節くれ立った肉体労働者のものでどきりとした。書店の仕事が傍《はた》で見るほど楽ではないことを、今さらながら思い出す。彼らもまた、過酷な労働条件の中で必死に働いているのだ。無名作家に注意を払っている暇がないのは、至極当然である。カリスマといわれる須藤でさえ、未《いま》だに契約社員扱いであるという噂《うわさ》をふと思い出した。

「あなたの棚を作ってさしあげましょう。書店員仲間にもアピールしておきましょう」

　のちに長い付き合いになる彼が王子様に見えたのは、後にも先にもこれ一回だけだった。万引き犯が数名の男性書店員らに取り押さえられたのを確認し、私はすっくと立ち上がる。床に落ちた『ルー＝ガルー2』を拾い上げ、芝居気たっぷりにほこりを払うと、渾身の愛想笑いを浮かべた。途方もない幸運を摑んだことを、じわじわと理解しつつあった。このチャンスを逃してなるものか。

「この本、今すぐ購入してもよろしいですか。こちらの平台の素晴らしいポップに惹かれて、気になっていたんです」

　媚びた笑顔で周囲を見回すと、よりいっそうの好意に満ちた書店員たちの視線が私を包んだ。もらった——。にやりとしそうになるのを必死でこらえ、私はプリーツスカートの裾《すそ》をさっと直した。

このエピソードは「小説ばるす新人賞受賞者の才能がなく美人でもなく若くもないほうの『有森』の、わらしべ長者伝説」として、出版界には広く知れ渡っている。売れない作家が作品の出来と関係のないところで、東京中の書店員を味方につけた。方々の有名大型書店で、平積みはもとよりコーナーまで設けてもらい、力の入ったポップが飾られたおかげで『魔女だと思えばいい』は飛躍的に売り上げを伸ばした。さらに書店員のツイッターやブログでも話題となり、じわじわと口コミで売り上げを伸ばし、雪だるま式にヒット作になったのだ。笑い話として好意的に受け取る人が七割、残り三割は苦々しい物言いをする。後者の筆頭が書評家の大和田浪江だ。

「作家と書店員の癒着《ゆちゃく》にはかねてからもの申したかったけれど、J・Aのなりふり構わなさには私達はあきれて声も出ない。そんなにまでして本を売りたいのか。作家としてのプライドも美意識もかなぐり捨て、彼女は一体何がしたいんだろう。私達はもう彼女の作品なんて読みたくもない」

とツイッターやブログで繰り返し批判した。『魔女だと思えばいい』を真っ先に文芸誌で褒めてくれたのは彼女なのに、そんなことはすっかり忘れてしまったようである。

私に関する様々な噂や悪口が駆け巡っていることは百も承知だが、もう慣れつつある。これが世に出る、ということなのだと思う。もはや私は傷ついたり、後悔することはほとんどない。誰がなんと言おうと、私は正しい。文鋭社のような大手の営業は無名作家の本にはポップ一つ作ってくれはしない。人が動いてくれないなら自分でなんとかせねば。これまでだってそうして生きてきた。かつてはその美意識と批評眼に畏怖《いふ》の念すら抱いていた大和田浪江が、最近まるっきり怖くなくなったのだ。圧倒的な高みから人をランク付けする大御所の意見など知ったこっちゃない。批判一つで何日も寝込んでいた昔の私はもう居ない。こんなことは人前では口が裂けても言えないが、世の中、売れたもん勝ち、いや、売ったもん勝ちだ。私は確かに高尚な人間ではないかもしれないが、努力は惜しまない。だから、きっと欲しいものは、この先も一つ一つ確実に手にできるはずだ。

都庁の灯りの一部がまるでウインクするみたいに赤く点滅している。何事か、と目をこらしていたら、いつの間にやらうとうとしていたようだ。

「おい、中島、ちょっとちょっと」

遠藤先輩の声に呼び戻された。見れば、眠りこけていたはずの先輩が、紅潮した顔でこちらに携帯電話の画面を突き出していた。

「お前と飲んでて気付かなかったけど、ものすごいメールが届いてた。ほら見てみろよ」

しばらく文面を目で追ってみたが、どうにも内容が頭に入ってこない。頬を両手でぴしゃぴしゃ叩《たた》いてみた。氷が溶けて水っぽくなったカルピスサワーの残りを飲み干し、もう一度、携帯電話をじっくり眺める。やはり何度読んでもこう読めた。

「鮫島《さめじま》賞の候補に『魔女だと思えばいい』が入ったんですか？」

自分の携帯をチェックすると、何件もの着信履歴とメールが入っている。

心臓が音を立て始めた。鮫島賞といえば、直林賞に直結する文鋭社主催の権威あるエンタメ文学賞である。受賞したとなれば、ひとっ飛びに一流作家への仲間入りだ。遠藤先輩は珍しく声を震わせている。

「すごいよ。鮫島賞。デビューたった三年で……。俺の担当した作家で、初めてだよ……。本当によくやったな」

興奮している様子の先輩とは裏腹に、私は自分でも意外なくらいに冷静だった。本当は素直に喜ぶのが怖かったせいでもある。下手にはしゃいで挫折《ざせつ》したら、立ち直れなくなるだろうと予想がついて、手放しでは喜べない。それに最大の不安要因がずしりと肩にのしかかっていた。私は最近、とても用心深い。

「他の四人の候補作品は、お前ほど話題になっても売れてもいない。おまけにお前は文鋭社の新人賞出身。このレースは勝ち戦《いくさ》だぞ。おい、嬉《うれ》しくないのか？」

どうやら、先輩はまだ酔いが醒《さ》めてないらしい。私は考え考え言葉を紡《つむ》ぐ。

「いえ、そんなことないですけど……。私の受賞は百パーセント無理だと思います」

「なんでだよ」

「鮫島賞の選考委員の長老が東十条宗典だから」

先輩が、あっというふうに声にならない声を発し、額を押さえる。ソファに再び腰を預け、喉《のど》を見せ天井を仰いだ。カラオケルームはしばし、重たい沈黙に満たされた。

毎年一月末に行われる鮫島文学賞の選考委員を務めるのは、東十条宗典の他、恋愛小説の名手、園田《そのだ》サヲリ、ノワール小説界のベテラン、押尾隆一郎《おしおりゅういちろう》の計三名だ。園田サヲリも押尾隆一郎も鮫島文学賞の出身者で、その時の選考委員は東十条宗典だったため、彼の意見に逆らえないことを出版界で知らない者はいない。東十条の好き嫌いで受賞作品が決まるのは暗黙のルールだ。例えば、昨年ベストセラーとなった女性の一代記は「一人の女性の生涯を描く上で、性に触れないのは許しがたい」という東十条のよくわからない難癖で受賞を逃したし、反対にまったく売れず評判も悪かったB級ミステリーが「脇役《わきやく》の娼婦《しょうふ》が素晴らしい。生と性を描き切った、作者の飛躍に拍手」との評価でトロフィーを手にしたりする。ネットで揶揄《やゆ》されようが、書評家に批判されようが、依然として選考基準は彼の手にゆだねられている。東十条が大嫌いな私をハネるのは目に見えているし、女性の心情に寄り添った今回の作風が彼の琴線に触れる自信はまるでなかった。思わず、本音を漏らしてしまう。

「鮫島賞の選考基準ってよくわかんないですねえ。選評読んでも、何言ってるかさっぱりわかんないし。ていうか、あれ、ちゃんと読んでるんでしょうか」

「しっ！　なんてこと言うんだ。文鋭社が出来レースを黙認しているとでも言うのか。公平な判断の下、選考は行われている。そういうことは人前で絶対に口にするんじゃないぞ。本当に干されるからな」

　自分が咎《とが》められたかのように先輩が早口で眉を吊り上げるので、私はうんざりした。あれもだめ、これもだめ。心を自由に表現することが仕事のはずなのに、新人作家のタブーの多さにはほとほと疲れてしまう。

「ねえ、遠藤先輩。なんでこんなに禁止事項が多いんですかね、この業界。別に批判してるわけじゃないですよ。ちょっと思いついたことすら言えないなんて」

「それも言うな！　何も言うな！　お前は黙って大人しく売れる小説だけ書いてりゃいいんだ！　小説家に人格なんていらないいんだよ！」

さすがにカチンときたが、何を言っても押さえつけられるだけだ、とタッチパネル式のリモコンに手を伸ばす。

「あー。はいはい。そんじゃ、思ったことはカラオケの力を借りて表現しようかな……」

何回目かのため息をついて窓の外に目をやる。都庁の灯りは相変わらずピカピカと点滅している。かすかに励まされる気がして、私は今一度、状況を整理して考えてみることにした。東十条宗典が私の作品を気に入ることは百パーセントない。しかし、園田サヲリと押尾隆一郎はどうだろう。彼らの小説は私も愛読している。園田サヲリの登場人物への温かな視線には涙しそうになるし、押尾隆一郎がアンダーグラウンドに生きる人々に託す一縷《いちる》の希望に私はいつも救われている。いずれも心ある作家達だと思う。東十条の目があるから萎縮《いしゅく》しているだけで、もし、あの二人だけで選考できるとしたら——。そう、例えば。自分の思いつきに、思わず唾《つば》を呑《の》み込んだ。

都庁の灯りの点滅はそのまま、私の心に乗り移ったみたいだった。頬が熱く、首筋が脈打っている。なんと言われても構わない。既存のルールには負けない。そうやって、今日まで生きてきたのだ。気が付くと、私はマイクを摑んで叫んでいた。

「この出来レース、私がひっくり返してみせますよ！」

カラオケルームいっぱいに、きいいん、という金属音が響いた。先輩は五月蠅《うるさ》そうに耳を塞《ふさ》いで怒鳴った。

「だから出来レース言うな！」

私はすっくと立ち上がると先輩を押しのけて、リモコンを手にする。篠原涼子《しのはらりょうこ》『平凡なハッピーじゃ物足りない』を素早く入力した。プーアール社での苦いデビューのような目にはもう遭いたくない。権力にねじ伏せられるのは二度とごめんだと、あの日誓ったことを改めて思い出す。何がなんでも、鮫島賞のトロフィーを手にしてみせる。自分のためだけではない。きっと私の後に続くたくさんの作家が救われるはずだ。

純粋な心は失いつつあるかもしれないが、作り話はますます得意になっている。久しぶりの東十条との一騎打ちを想像すると、体中にどくどくと血液が行き渡る気がした。もしかして、私が本音でぶつかれるのは、世界中で東十条宗典ただ一人なのかもしれない。そう思うと、驚いたことに彼が愛《いと》おしくなったような気さえする。

広瀬《ひろせ》香美《こうみ》作のやたらと前向きな歌詞が、テレビ画面に表示され、私は大きく深呼吸をした。

2

その夜、東京には粉雪が舞っていた。

松濤《しょうとう》の自宅に東十条宗典が帰ったのは、一週間ぶりである。取材旅行と偽り、向島の料亭の雇われ女将《おかみ》と箱根の強羅《ごうら》温泉に出かけていた。身も心もエネルギーに満たされているはずなのに、不思議と心許《こころもと》ないのは今年一番の寒波のせいか。フェラガモの真紅のマフラーに顎《あご》を埋め、屋根に雪をうっすらとのせたタクシーを降りる。見上げた我が家のよそよそしさに、東十条は鈍感になろうとする。二十一年前、娘の誕生と同時に建てたコンクリート打ちっぱなしの三階建ては有名な建築家の手によるものだ。あの頃はまだこうした建築は珍しく、家を背景に妻と二人で、文芸誌のグラビアを何度も飾った。

しかし、自慢の我が家でのんびり過ごした記憶は驚くほど少ない。仕事や恋愛で飛び回っているうちに、ふと気付けば、家族の心は離れ、居場所は書斎だけになっていた。

今年で四十八歳になる妻は、若い頃と変わらず可憐《かれん》で上品な美貌《びぼう》を保っている。編集者が口を揃えて絶賛するほど東十条に従順で、今時珍しいくらいの良妻だ。しかし、もはやこちらになんの感情もないことは、口にせずともわかる。何を話しかけても生返事でぼうっとしているくせに、趣味の着物と歌舞伎《かぶき》、習い事で出会った友達、それに韓流スターのことになると別人のように饒舌《じょうぜつ》になり、瞳《ひとみ》を輝かせるのだ。就職活動中の娘に至っては口をきこうともしない。

インターホンを押すと、高い鉄柵《てっさく》が左右に開いた。玄関までの前庭は、妻が丹精込めて育てた椿《つばき》やシクラメンで彩られている。ドアが開くと、いつになく上機嫌の妻が、顔を出した。訪問着のままのところを見ると、今夜は外出したのだろうか。妻が出歩くことに賛成も反対もないが、あまりにも楽しそうな空気を纏《まと》われていると気持ちがざらついてしまう。

「あなた、お帰りなさい。お疲れでしょう？　今日はお客様がいらしてるのよ。この間もお話しした、呉服屋さんのパーティーで知り合ったお嬢さん」

妻の隣で、にっこりと会釈《えしゃく》した女の顔を見て、東十条は危うく卒倒しそうになった。何故、あいつがこんなところに⁉　女はいかにも恐縮した様子ではあるものの、文句のつけようがないほど、礼儀正しく微笑《ほほえ》んだ。

「お疲れのところ、申し訳ありません。中島加代子と申します。わあ……。東十条宗典先生とこうして直にお目にかかれる日が来るなんて……。私、ずっと先生の作品のファンで……。ああ、感激です」

彼女の目からはらはらと涙が零《こぼ》れたものだから、もう開いた口が塞がらない。

「まあまあ、加代子さん。泣いたりして」

そして、加代子が着ているねずみ色の総絞りを目にし、東十条は悲鳴を呑み込んだ。記憶が確かなら、銀座ホステスの明美《あけみ》に「目利《き》きにだけそうとわかる、高くて地味な着物が欲しい」としつこくねだられ、人形町の呉服屋で昨年作ってやったものだ。何故こやつが――。こちらの驚愕《きょうがく》を知ってか知らずか、有森樹李、いや加代子の目が一瞬、にやりと細くなった気がする。彼女はいかにも健気《けなげ》な様子で頰を押さえた。

「先生もお戻りになったことですし、私はもうおいとまさせていただきますわ。千恵《ちえ》子《こ》さん、お邪魔して本当に申し訳ありませんでした」

東十条が胸を撫で下ろしたのもつかの間、妻はいつになく強い口調でそれを遮った。

「外は雪よ。せっかくなんだから、加代子さん、夕食を食べてらして。今夜はお鍋《なべ》だし、人数が増えても大丈夫なの。ね、あなた、いいでしょう？」

数分後、信じられない光景が東十条家の食卓で繰り広げられていた。

ぐつぐつと煮える寄せ鍋を前にして、向かいの席では妻と中島加代子がさも仲むつまじそうに肩を寄せ合っている。ここが我が家だろうか。目の前で起きていることがにわかに信じられなくて、だしの味さえよくわからない。壁にかかっているマティスも、ガラス棚に飾られた自著や各賞のトロフィーも見慣れた光景なのに、そこに見事に溶け込んでいる女は、自分を蹴落とすチャンスを今か今かと窺《うかが》っている宿敵、有森樹李なのだ。

おおかたの想像はつく。一週間後に迫った第七十五回鮫島文学賞選考会。候補者の一人に有森樹李が名を連ねている。当然、受賞はさせないつもりだ。例年通り、気にくわない作家の作品ははなから読むつもりもない。自分のように多忙な著名人が賞に名前を貸してやるだけでも、大きな貢献なのだ。受賞作品すべてを読み込んで、親身になって批評してやるほど、東十条は暇でも親切でもない。そんなものは編集者がやればいいことだ。

こちらの気持ちにお構いなく、加代子となった樹李は心から感動した様子で鍋の味を褒め、妻を喜ばせている。ふいに、恥ずかしそうに自分の出で立ちを見下ろし、こう言った。

「この着物、祖母の形見なんです。何かあったらこれをお売りなさいって。不勉強なものでいくらになるのかもわからないんで、千恵子さんにご意見をお伺いしたく、図々《ずうずう》しく遊びに来てしまったんです。こんなに地味な色、とても値が張るようには思えないんですが……」

嘘をつけ！　と叫びたいのを堪《こら》えるのがやっとだ。この女のことだ。価格はとうに調査済みだろう。妻はいつになく、頼りがいのある調子で口を開いた。

「いいえ、これは地味に見えるけど、ものすごく高い総絞りの着物よ。あなたが一年や二年暮らしていけるくらいのお金、すぐにできるわ。私が知り合いに鑑定をお願いしてあげる」

まずい、まずい。なんとしてでも、売りに出されることだけは阻止せねば――。それにしても、一体どうやって加代子は明美の着物を手に入れたというのだろう。考えれば考えるほどよくわからない。

「まあ、嬉しいです。安心です。三十歳も超えてお恥ずかしい話ですが、かなり生活が苦しくて。アルバイトも掛け持ちしないととても暮らしていけないんです」

作り話が上手《うま》いことはよく承知しているが、顔色一つ変えずにぺらぺらしゃべる様子に、東十条は改めて寒気を催した。この女、人間の心をどこに置き忘れてきたのだろう。

「加代子さん、小説家を目指していらっしゃるんですって。まだまだ駆け出しだけど、素晴らしい才能をお持ちなの。なんだか思い出しちゃうわね。あなたと出会った時のこと」

「わあ。東十条先生と千恵子さんの出会い⁉　ファンとして興味津々《しんしん》です。是非是非伺いたいです」

生きた心地がしないとはこのことだ。自らの性体験を赤裸々に描くことにはなんの抵抗もないが、若かりし頃のがむしゃらさを暴《あば》かれるとなると、顔から火が出るほど恥ずかしい。

「うふふ。私が秘書を務めていた父の工場にね、彼がアルバイトで来たのが出会い。彼はね、小説家デビューを目指していて、そりゃいつも熱っぽく文学論を語っていたの。執筆がノッてくると、時間が経《た》つのも寝食も忘れちゃってね。しょっちゅう仕事もすっぽかしたのよ。父をなだめるのが大変だったわ。私、よくおむすびを作っては彼の下宿先に差し入れしていたの」

「へええ、執筆に集中すると時間が経つのも忘れちゃうなんて、さすが先生ですねえ。はあ……。奥様が下積み時代を支えられたんですねえ。なんて素敵なお話。涙が出そう」

こんなに幸せそうな妻を見るのは何年ぶりだろう――。加代子への嫌悪《けんお》感も忘れ、少女のように頰を染める妻に東十条はしばし見とれてしまう。そうだった。貧乏な文学青年だった東十条にとって、社長令嬢の千恵子は手の届かない高嶺《たかね》の花だった。駆け落ち同然で同棲《どうせい》を始めてからも、こんなに美しい女が傍にいてくれることが信じられなかった。毎日毎日不安に駆られる度、ほっそりした体を力いっぱい抱きしめたものだ。

「あらあら、しゃべり過ぎちゃったわ。せっかくだから白ワインなんていかが？　地下のワインセラーに確か、出版社さんから頂いたシャトーモンラッシェがあったはずよ」

妻が軽やかに腰を上げる。加代子は困ったように、口に手を当てた。

「まあ、奥様。私もご一緒しますわ」

「いいの、いいの。お客様ですもの。ここで主人の相手をしていただけるほうが助かるわ」

スキップせんばかりの足取りで妻は食卓を後にした。彼女の姿がドアの向こうに消えるのを見届け、東十条は椅子を蹴って立ち上がった。

「なんでお前がここにいる！　なんでその着物を着てるんだっ！」

先ほどまでの可憐な様子はどこへやら、非常にふてぶてしい表情で、加代子はせっせと鶏肉や白菜を自分の碗《わん》によそっている。

「うん、アケミンに一日三千円でレンタルさせてもらってんの。ほら、食べなよ。せっかくの料理が冷めちゃうよ」

「アケミンだと？　お、お前、明美と知り合いなのか？」

「東十条さんが教えてくれたんじゃん。この世で一番口の軽い人種は編集者だって」

東十条はうっと息を呑んだ。加代子は妻自慢の手作りつみれを旺盛《おうせい》な食欲で平らげている。

「編集者一人に打ち明けた秘密は、翌日には出版界に知れ渡ってるのは常識でしょ？　あの人達、自分は会社の歯車なんかじゃない、なんでも知ってるんだぞ、って作家に知らしめたいあまり、聞けば大抵のことはしゃべるじゃん。ゴシップの保有数がなによりの勲章なのよ。大手の何人かと順に飲みに行ったら、ご親切に明美さんのお勧めしているお店から通ってるヨガ教室、奥様の行きつけの習い事までペラペラ話してくれたわよ。だめじゃーん。プライベートを簡単に話しちゃさあ！　ベテランのくせに不用心～」

まるで飲み屋の酔っ払いのような気安さでカラリと笑いかけられ、東十条は我が身と運命を呪《のろ》い、力なく着席した。

「千恵子さんがよく行く呉服屋の展示会に、派遣バイトとして潜り込むのは簡単だったよ。私、仲居のバイトが長かったから、こういうの普通に着られるんだよね。明美さんとはヨガ教室に通って仲良くなって、お店にも何度か遊びに行ってるの」

「明美に千恵子……。一体、どうやって取り入ったんだ」

「私、中高が女子校だから同性に好かれる方法は熟知しているの。ま、文壇はジジイ転がしてなんぼだから、大して出世の役には立たないだろうけどさ」

何くわぬふうに朗《ほが》らかな調子で言うと、加代子は箸《はし》を置き、にやにやとこちらを覗き込む。

「明美さんに、あんたが作ってやったこの着物。これ五百万くらいするんだっけ？　極貧時代からあんたを献身的に支えてくれた奥さんが知ったらなんて思うかな？　全盛期ならまだしも、その年で家族に出ていかれたら、さすがに辛《つら》いでしょ」

今度こそ本当にぞっとして、東十条は全身から血の気が引いていくのを感じる。この女、頭がどうかしている。いくら憎いからといって、普通ここまでできるだろうか。野心などという生やさしい言葉では片付けられない。得体の知れない凶暴性に寿命が縮む思いがした。

「私を脅迫する気か？　一体何が望み……。まさか、鮫島賞……」

　そこまで言いかけたところで、娘の美和子《みわこ》がドアから顔を覗かせたので、慌てて口をつぐむ。

「あ、加代子さん、来てたんだ」

　こちらには目もくれず、美和子は加代子にとびきりの笑顔を見せた。なんと信じられないことに、娘まで手なずけているらしい。

「美和ちゃん、お帰りなさい！」

　加代子が子猫のような仕草で手招きすると、美和子はごく自然に彼女の隣に腰を下ろす。娘と向かい合うのは本当に久しぶりだ。リクルートスーツという素っ気ない出で立ちが、妻ゆずりの清楚《せいそ》な美貌をかえって引き立てている。出会った頃の千恵子にますますよく似てくる。こちらの見とれるような視線がうっとうしいのか、彼女は体を完全に加代子のほうに向け、視線を合わせようともしない。

「加代子さんのエントリーシート指導のおかげで、書類選考無事通過！　次は小論文なんだあ。ねえねえ、また相談に乗ってくれる？」

「まかせて。作文ならすっごい得意だもん」

「さっすが、小説家の卵ね」

親しげに笑い合う二人はあたかも姉妹のよう――。いやいや。東十条は目をしばたたかせる。中島加代子が家族になることなど、絶対に絶対にありえない。

「美和子。遅かったじゃない。お帰りなさい。ちょうどいいわ。久しぶりにみんなで食べましょう」

　ワインを手に戻ってきた妻が嬉しそうに言った。美和子は東十条を一瞥《いちべつ》したものの、素直にうなずいた。

「ねえ、あなた、加代子さんを知り合いの編集者に紹介してさしあげたら？」

「ママ、やめてよ。加代子さんはこの人のコネなんてなくてもちゃんと実力で世の中に出られる人なんだから」

　美和子は不機嫌そうに言い放ち、軽蔑《けいべつ》しきった視線を向けてきた。目を合わせてくれただけでも大進歩かもしれない。娘に「この人」呼ばわりされるようになってから五年が経つ。加代子が取りなすように口を挟んだ。

「お父さんにそんな言い方よくないわよ、美和ちゃん。あなたがお父さんの力を借りずに出版業界を受けるのは尊敬するけれど」

「お前、編集者を目指してるのか！」

　びっくりして叫ぶと、美和子は困ったようにプイと顔を背けた。

「そうなんですよ。美和ちゃんは、小説を書くお父様の背中を見て育ってきたんですから、誰よりも物語の世界を愛しているんです。素直になれないだけで、先生のことを尊敬してらっしゃるんですよ」

いかにも優しげな加代子のしゃべり方に虫酸《むしず》が走る。ああ、この地獄のような茶番劇はいつになったら終わりを迎えるのだろう。妻がうっすら涙ぐんでいる手前、手も足も出せない。加代子は途端におどけた口調になった。

「でも、まあ……。いつか大きな文学賞の候補になるような作家になったら、お父様のコネの力を借りようかなあ、とは思っちゃうかもな。例えば、鮫島賞とか……」

凍り付く東十条とは裏腹に、食卓は温かな笑い声に包まれた。

「そうよ、そうよ。パパの一声で賞のレースなんていくらでもひっくり返せるんでしょ。いざという時、加代子さんの後ろ盾をしてくれなきゃ、私、パパを許さないからねっ」

「パパ」と口にして一番驚いたのは当の美和子らしい。口惜しそうに唇を噛《か》みしめ、顔を赤くしている。妻がワインを注いで回りながら、はしゃいだ声をあげた。

「今夜は大雪になるらしいわ。加代子さん、よろしければ、今日はうちの客間に泊まっていらっしゃらない？」

東十条ははっとする。すっかり忘れていた。お嬢様育ちの妻が、小説家志望の貧乏な若者に著《いちじる》しく弱いことを――。


書斎のドアを開けるなり、東十条はがっくりと肩を落とした。英国で調達した布張りソファに、メイド服姿の加代子が腹這《はらば》いに寝そべって本を読んでいる。掃除の最中なのか、すぐ傍にははたきが立てかけてあった。こちらに気付いても、顔を上げようとさえしない。

「お帰りなさいませ～、ご主人様。奥様は歌舞伎に行かれてま～す」

ふてぶてしい調子で加代子は間延びした声をあげた。

「なんなんだ。なんなんだ。今度はこの家のメイドになったつもりか」

「これ懐《なつ》かしくない？　山の上ホテルで着た制服。家に着替えを取りに行く時に、一緒に持ってきたの。すっごい可愛《かわい》いでしょ？」

忌《い》まわしい記憶が一度に蘇《よみがえ》ってきて、東十条は思い切り顔をしかめた。加代子はいかにも大儀そうに顔を上げ、ようやくこちらを見た。

「ただ置いてもらっているだけじゃ、悪いもの。家事を手伝ってるのよ」

「悪いと思ってるなら、とっとと自分の家に帰れ！　もう何日ここで過ごしていると思っている」

雪の夜に東十条家に宿泊した加代子は、そのままずるずると泊まり続け、かれこれ五日も動こうとしない。妻も美和子も大歓迎している手前、追い出すわけにもいかない。第一、弱みも握られている。日に日に態度が大きくなり、我が物顔で振る舞う加代子に、東十条はストレスでどうにかなる寸前だ。加代子はごく当たり前の様子で本を読んだり、原稿用紙に何か書き付けたり、妻の家事を手伝ったり、美和子の就職活動の相談に乗ったりと、自然にこの家に溶け込みつつある。このままだと本当に家族の一員になるのでは――。想像しただけで、一気に十歳は年を取った気分だ。

「奥様、本当にいい方ね。きっと私に昔のあなたを重ねているんじゃないかしら？衣食住まで面倒を見てもらえて、今まで以上に執筆に集中できちゃう」

加代子はようやく体を起こすとソファにちょこんと座り、隣の席を軽く叩いた。東十条はしぶしぶ並んで腰を下ろす。

「君がすでにデビュー済みの人気作家だと知ったら、家内はなんと思うだろうね」

「その時はその時。むしろ、そうなったらまずいのはあなたじゃないの？　私にしてきた数々の暴言やパワハラがバレるんだから」

ぐうの音《ね》も出ないとはこのことだ。自分がしてきたことのしっぺ返しをこんな形で受けるはめになるなんて。もはや気取っている場合ではないのかもしれない。

「文鋭社の遠藤くんはこのことを知っているのか？」

「はあ？　だったらどうなの？　むしろ、あの人、喜ぶんじゃないの。自分が安全な場所にいて、人を顎で使うの好きじゃない。自分に火の粉がかからず、私が自ら動いて手を汚すんであれば、なんでもＯＫでしょ。そういうところ、あるもん」

「君達の間に一体何があったんだ。上手くいってるとばかり……」

「この間、ノミネートが決まった夜ね、遠藤先輩と朝まで飲んでたんだけどね。あの人酔って口を滑らしたの。あの山の上ホテルでシャンパンの差し入れをしたのは、私にあなたへの妨害のヒントを与えるためだって」

予想はついていたので、東十条は特に驚かなかった。慇懃《いんぎん》に振る舞う編集者達がこちらに抱くうっすらとした悪意には、とっくに気付いている。

「それのどこがいけないんだ。君のためを思ってのことだろう」

「まあね。でも、あの人がいつも手を汚さないことが嫌なの。私だけが傷ついたり矢《や》面《おもて》に立つことが、最近どうにも損に思えるの。作品を書くのは私なんだから、せめて身を挺《てい》して私を守るのは遠藤先輩であるべきじゃない。違う？」

こちらを鋭く見据える加代子は静かな迫力をみなぎらせていて、東十条はぞくりとした。

「それは理想論だろ。今時、作家を命がけで守る編集者なんて……」

「私が流した汗と涙、それと同じくらいの汗と涙を遠藤先輩が流さないのは不公平よ」

それは、独裁者の発想だ――。喉まで出かかった言葉を東十条は必死に呑み込む。下手に彼女の機嫌を損ねるような発言をするのは今はやめたほうがいい。

「わ、わかったよ。い、一体いつになったら出ていってくれるんだ」

ほとほと弱り切って、東十条は涙を堪えながらつぶやいた。

「頼む。私には息をつける場所がここしかない。信用できるのは身内しかいない。頼むから出ていってくれ」

こちらの必死な懇願も、少しも加代子の心には引っかからないようだ。彼女は肩をすくめると、笑いを滲《にじ》ませてこう返した。

「家庭を顧みなかったあなたの口から出たとは思えない言葉ね。だったら、もう少し家族を大事にすればいいのに。今からでも遅くないわ。その気持ち、奥さんや美和ちゃんに伝えればいいのに。ここが自分の居場所だって。お前達しかいないって」

そう言うと、彼女はふと窓の外に目をやった。ザクロの老木が北風に吹かれ、寂しく揺れている。しんみりとした口調で彼女は続けた。

「……美和ちゃん見ていると昔の私を思い出すんだ。私の父も家庭を顧みない人だったの。私は父が嫌いで、同時に大好きだった。だから、父が若い頃志した小説家の道を歩んだの。振り向いてほしかったから。でも、父は……」

「ちょっと待った！」

危うく引き込まれそうになったので、東十条は大声をあげて、加代子の口の前に指をかざした。

「今の話は嘘《うそ》だろう」

「アハハ。バレちゃあ、しょうがねーな」

けろりとした様子で加代子は頭の後ろに手を組むと、ソファに仰向《あおむ》けに寝そべった。いきなりこちらの膝《ひざ》に、むき出しの両脚を投げ出してくる。咄嗟のことに、東十条は身動きがとれない。目の前に差し出された、瑞々《みずみず》しい肌の白さとふくらはぎのむっちりとした肉付きに、生唾を呑み込んだ。

「た、頼む。この通りだ。できることがあればなんでもする」

「本当に？　なんでも？」

信じられないほど近い場所に加代子の顔があった。甘やかな唇と白い頬、それらにまったくそぐわない野心に燃えた鋭い眼差《まなざ》しに、しばし魅入られてしまう。

「あなたが明後日の鮫島賞選考会で私を推すと確約してくれたら、かな……？」

やはりそうきたか。覚悟していたこととはいえ、東十条は心底ぞっとした。欲しいものはどんな手を使ってでももぎ取る彼女のやり方はこれまで何度も見てきたはずだが、まさかここまでやるとは思わなかった。賞にかける執念ときたら、第一回の芥川《あくたがわ》賞で選考委員に「賞が欲しい」と手紙を書いた太宰治《だざいおさむ》顔負けではないか。こちらの反応をじっくり堪能《たんのう》すると、いきなり加代子は顔を離してソファをポンと飛び降り、晴れやかな笑みを浮かべた。

「なーんてね、嘘、嘘。いくら私だって、犯罪に手を染めるつもりはないわよ。ほら、そんな辛そうな顔なさらないで！　悪気はないのよ。言ってみればそうねえ、私はこの家におけるメアリー・ポピンズみたいな存在なの。チムチムニー、チムチムニー、あれ？　メアリー・ポピンズ知ってる？」

「ああ……。娘が子供の頃に読み聞かせた記憶が……」

条件反射で答えてしまい唇を噛む。まずい。ああ、気付けばいつものように、すっかり加代子のペースだ。

「なら、話が早いわ。私がこの家に来たのは、自分のためじゃない。いわば人助けよ。

溺《おぼ》れかけたあなたの魂を……。いえ、この壊れかけた家族を救いに来た天使とでも言えばいいのかしら」

返事に窮《きゅう》して、東十条は目を逸らした。認めたくはないが、彼女がこの家に住み着いてから、家族の団欒《だんらん》が増えたのは紛れもない事実だった。朝晩はほぼ家族揃《そろ》って食卓を囲んでいる。最初は加代子の行動を見張るのが目的だったが、次第に妻や美和子と過ごせる家での時間がかけがえのないものに変わっている。最近では、美和子もぽつぽつとだが言葉を交わしてくれるようになった。銀座のきらびやかな夜や編集者や有名人との社交が、次第に遠のいていくのを感じていた。この二十年、自分は一体何をやっていたのだろうか。

「あなたの処女作、今読み終えたところよ。素晴らしかった」

彼女はそう言って、さっきまで読んでいた単行本を差し出した。東十条ははっとする。碧色《みどりいろ》のその表紙を忘れられるわけがない。四十年近く前に出版した初めての作品『石楠花《しゃくなげ》のひと』だ。自らの少年時代とその終わりを描いたこの作品は、文壇で高く評価され、東十条は一躍時代の寵児《ちょうじ》となったのだ。

「前に駆け出し時代のエッセイを読んだ時もそう思ったけど、あなたって本来、カポーティ並みにスーパーイノセントな少年時代を描ける人なのよね。ここ二十年は濡《ぬ》れ場描写で売ってるけど、その気になれば『銀の匙《さじ》』みたいな作品もきっと書けると思うわ」

驚いたことにこの女、編集者ばりにこの東十条を指導するつもりなのだ。こんなふうに高みから批評されたのは本当に久しぶりで、なんだか面食らってしまう。彼女は再び隣に腰を下ろすと、こちらの肩に馴《な》れ馴れしく手を回した。

「ねえ、今こそ、本当のあなたを取り戻す時じゃない？　奥さんが愛したのは、文壇きってのドンファンじゃない。寝食忘れて習作を書きためていた、文学青年のあなたなんでしょう。美和ちゃんだって、あなたを嫌いなわけじゃない。貧しくたっていい。本物の作品を生み出す真の芸術家たる父親を求めているのよ。愛されたいなら、まず自分から愛さなくちゃ」

「何が言いたいんだ！」

「もし、あなたが本来のあなたを取り戻したら……。その時は、私も……」

彼女のささやき声と息づかいが耳にかかり、背筋がぞわりとする。花のような甘い香りが鼻をかすめた。素人《しろうと》の女ならではの清々《すがすが》しさだ。びっくりするほど柔らかな肉体が背中に押しつけられる。

「恋してしまうかもしれない……」

まずい、まずい、まずい。これがこの女の手なのだ。もっといい女はいくらでも知っている。東十条は救いを求めて、書斎を見回す。新人時代に得た文学賞のトロフィーがいくつか目に飛び込んできて、かえって青年時代の昂《たかぶ》りを思い出してしまった。

窓の外ではザクロの枝振りが、灰色の空に割れ目をつくっていた。

3

パークハイアットのパーティー会場の隅々まで、有森樹李の澄んだ声はマイクを通してよく響き渡った。光の加減によってねずみ色にも銀色にも見える総絞りの着物は、一見地味だが大変高価なものだろう。きりりと結い上げた黒髪、控えめな化粧にはもはや貫禄《かんろく》すら漂う。右手に掲げた鮫島文学賞のトロフィーが放つ鈍い黄金色にも負けないほどの輝きだ。会場を埋め尽くすのは、編集者に作家、書評家に有名書店員。彼女の敵もいれば味方もいる。そのすべてが今だけは、彼女の成功を声もなく見つめるしかない。

「どうもありがとうございます。これも選考委員の先生方、隣でずっと支えてくれた編集者の遠藤さん……」

ここで彼女は言葉を切り、こちらに向かって軽く目を細めてみせた。編集者冥利《みょうり》に尽きる瞬間なのに、心は動かない。それが演技であると、彼女をよく知る遠藤には、たやすく見抜くことができる。

「そして文鋭社の皆様、デビューした時から見放さずに支えてくれた書評家の皆様、全国の書店員の皆様、そして、読者の方々のおかげと思っております。鮫島文学賞の名に恥じぬよう、今後も全身全霊で精進して参りますので、どうぞ、有森樹李を今後ともよろしくお願い申し上げます」

割れるような拍手が起こり、樹李は深々と頭を下げた。

帝国ホテルの授賞式にもパークハイアットでの二次会にも東十条宗典の姿はない。選考会の日、彼は開始時間になっても現れなかったのだ。遠藤が彼の自宅に慌てて駆けつけても、東十条夫人は頑として会わせてくれようとはしなかった。

――すみません。遠藤さん。あの人をそっとしておいていただけませんか？　もう何日も書斎に閉じこもりきりで、ろくに食事も摂《と》ろうとしません。声をかけても反応しないんです。こんなに脇目もふらず小説に没頭する彼を見るのは数十年ぶりなんです。まるで昔のあの人に戻ったみたいで――。私、嬉しいんです。

選考会の無断欠席はいくら大御所とはいえ許されるものではなく、東十条はその日のうちに委員の資格を剝奪《はくだつ》された。よって園田サヲリと押尾隆一郎の二人が選考委員を務めることとなり見事、樹李が選ばれたというわけだ。

スピーチが終わるなり、樹李はたちまち編集者や作家に取り囲まれた。彼女が一人になるのを待ち構え、遠藤はすかさず声をかけた。

「なんだ、あのスピーチ、心にもないこと言うなよ。お前らしくもない」

樹李は完璧《かんぺき》な笑顔を崩そうともしない。

「あら、心外。私は思ったことを口にしただけなのに。今回鮫島賞を受賞できたのは、先輩のおかげです。私一人の力じゃ到底ここまで来れませんでした。本当にありがとうございます。今後ともよろしくお願いします。それじゃ」

「嘘つけ。お前がたった一人でもぎ取った受賞だろう。どんな手を使ったんだ」

もはや苛立《いらだ》ちを隠せそうにない。遠藤はネクタイをせわしない仕草で緩め、通りかかったウエイターが手にしたトレイからワイングラスを奪うと、一息に飲み干す。樹李、いや加代子はうんざりした顔で、窓際《まどぎわ》へと向かった。窓ガラスには、新宿の夜景を背景に加代子の姿が浮かび上がっている。彼女の背中に向かって、遠藤は鋭い口調で言い放つ。

「あれっきり、東十条宗典は人前に出てこない。あれだけパーティーや接待、政治が好きな彼が、だ。ひたすら自宅にこもり、熱に浮かされたように原稿を書いている。しかも初期の作風に立ち戻ったような出来映え——」

わざとらしく息をついて、加代子はようやく口を開いた。

「じゃ、別に目くじら立てること、ないじゃないですか。編集者的には万々歳でしょ。それに東十条先生もよかったじゃないですか。次の原稿があがったら、久しぶりに家族水いらずでスペイン旅行に出かけるそうですよ。美和ちゃんの出版社の就職も決まったことだし」

「あの家族にお前、一体何をしたんだ？」

「いずれにせよ、先輩には関係のないことね。こうして、鮫島賞を取った以上、もうこれまでの私じゃない。私のやり方にもう金輪際口出ししないでくださいね」

そう言うと、彼女はようやく振り返った。能面のような表情から完璧に心を閉ざしていることが見てとれた。踵《きびす》を返そうとする彼女の手を無我夢中で掴《つか》む。

「待てよ」

我慢も限界と見え、ようやく加代子が感情を露《あら》わにした。目が赤く、息が荒い。

「あー、もううっとうしいっ。私は先輩の理想にはなれない。理想を見つめていたいなら、有森光来がまた小説が書けるように尽力したらいいじゃないの」

どきりとして、遠藤は息を呑《の》む。冷たい汗が背中を伝った。加代子の目が鋭い。

「教えてあげましょうか？　光来が書けなくなったのは、先輩のせいよ。先輩の指導が雑で強引だったからよ。あなた、作家のことなんて少しも考えてないもの。作家に心があることすら認めていない。自分の出世のツールくらいにしか思ってないんでしょ？　本当の遠藤道雄はすっごく冷たい人間よ……。想像力のかけらもない……、心をどこかに置き忘れた……」

喉の奥に硬いものがせり上がってくる。年少期の記憶が蘇り、頭を抱えてうずくまりたくなった。どうして担当編集者というだけで、ここまで言われねばならないのだろう。

「ねえ、知ってるわよ？　『魔女だと思えばいい』を先輩が売りたくなかったことくらい！」

ややあって、遠藤はしぶしぶうなずいた。あの時は、あまりにも余裕がなく焦《あせ》っている加代子が空恐ろしかったのだ。すぐに売れなくてもいい。時間をかけていいものを書いて、評価されればいい。地味でも息の長い作家に育ってほしい。そんな思いを込めて、感性の鋭い読者にだけ届くような、上品でさりげない装丁や惹句《じゃっく》を心がけたつもりだ。間違ったとは思っていない。加代子は目を吊《つ》り上げ、堰《せき》を切ったがごとくまくしたてた。

「今さら遅いよ。先輩がこうやって絡《から》んでくるのは、心配してじゃない。私が編集者をもう必要としていないから、プライドを傷つけられたからでしょ。私をサポートしたいわけでもないくせに、こういう時だけにじり寄ってくるのやめてよ。対等になってもくれない、大企業の一部でしかない先輩に、何ができるっていうの？　私は今後も一人でやります。出版界全部を敵に回しても、悪人になっても、自力でトップに立つと心に決めたの。見下されたり軽く扱われたりするのは、もうたっくさん。一秒だって粗末にされたくない。もし、気にくわないなら、申し訳ないけど、今すぐ担当を外れてください」

大きく息を吐くと、彼女は静かな迫力を込めてこちらを見据えた。十五年以上に及ぶ付き合いの中で、ようやく中島加代子という女を知った気がする。こうなった以上、自分も捨て身でぶつかるしかない。

「そうやって、どんどん人を切り捨てていくのか。それがお前のやり方か。それじゃあ、昔お前があれほど嫌った権力者と一緒じゃないか。孤独な女王になるのがお前の夢じゃなかったはずだろ」

気取っている場合ではない。このとんでもない女から振り落とされずについていけるのは、出版界広しといえど自分だけだ。遠藤は渾身《こんしん》の力を込めて窓ガラスに、加代子の体をどんと押しつけた。周囲の目などどうでもいい。加代子は汚いものでも相手にするように眉《まゆ》をひそめ、思い切り顔を背けている。曇った眼鏡がわずらわしいので、乱暴に外した。

「お前一体、何が望みだ。どうしたら、俺が一緒にやっていくことを許してくれる？」

唐突に彼女がこちらのネクタイを摑み、ぐいと引き寄せた。思わぬほど近くになった加代子の目は火の玉のごとく燃えている。

「私の望みはね。私と同じところに、あんたが、編集者が、落ちてくることよ。一緒に藻掻《もが》いて悲しんで苦しんでくれること。私が立っているのは、あなたには想像もつかないくらい、暗くて孤独で苦しい場所よ。でも」

それきり、加代子は都庁を見つめた。

「見てよ。何が見える？　ここからの眺め、そんなに悪くないはずよ」

彼女はかすかに口の端で微笑み、挑発するようにこちらを睨《にら》んだ。

「一緒に落ちる？」

ＮＯと言わせないだけの自信があるように、遠藤には見えた。もう逃げられない。

いや、最初に彼女の原稿を手にした時から、逃げられないことを知っていたのかもしれない。

新宿の夜景を従え、都庁はすべての権力を象徴するかのように、超然と聳《そび》えていた。

第六話　私にふさわしいダンス

1

島田かれんはその夜、期待と緊張で足元をふらつかせながら、タクシーから山の上ホテルに降り立った。

華やかな職業柄、都内のホテルにはあらかた足を運んでいたつもりだけれど、ここを訪れるのは今夜が初めてだ。予想したよりはるかに小さな古びたホテル。ジムもプールもスパもないというのも納得だ。ディオールのサングラスの隙間《すきま》から覗《のぞ》くアールデコ様式の建物はどこか不吉で、こちらを威圧するかのように闇夜《やみよ》に聳《そび》えていた。明治大学裏の木々が、三月とは思えない身を切るような冷たい夜風にごうごうと揺れている。

明日ここを離れるまでに、自分の運命はどのように決まるのだろう。そう考えると、柄にもなく武者震いしそうになる。一世一代の大勝負――。思えば小学校からエスカレーター式に高校まで進み、高校を中退して十七歳でデビューしたのも芸能関係者である親戚《しんせき》の紹介がきっかけだ。一応ドラマの仕事もこなすとはいえ、オーディションやテストには無縁の人生を送ってきたと言ってもいい。口元を引き締め、ホテルのエントランスに足を踏み入れる。すれちがった裕福そうな中年女性の二人組が、

「あら、あの人、タレントの――。ほら、お昼のワイドショーやニュース番組でコメントやなんかしてる」

「タレント？　あれ、何か物書きじゃなかったかしら？」

とささやき合うのが耳に入った。かれんは思わず奥歯を嚙《か》みしめる。文化人でも女優でもない中途半端《はんぱ》な立ち位置の中年タレント。バラエティ番組のレギュラーを何本抱えていようと、対談や講演会でそれなりの収入を維持していようと、一般人の何気ない一言がかれんの未来のあやふやさを残酷なくらい暴《あば》き立てる。ウリといえば、九年前に文学新人賞を受賞し、二冊の著作を出したことくらいだ。プロフィールでは三十九歳だが実際には四十三歳。もちろん、均整のとれたスタイルに、真っ赤なルージュが映える唇と長めのボブが似合う美貌《びぼう》は、今なお必死に努力して保っている。それでも男性週刊誌でグラビアを張るには若さが足りないし、女性誌の表紙を飾るには個性不足だ。母親役を演じられるだけの才能があれば安泰ではあるが、演技一筋でやってきた同年代の女優らがその座を譲り渡してくれるはずもない。何かを発信するとい

うより、とにかくメディアにコンスタントに出続けることが一番の目標であり、死守すべき一線だった。主な活躍の場はトーク番組やクイズ番組だが、さほど鋭いコメントができるわけでもない。「独身負け犬キャラ」で自虐《じぎゃく》に走るのはプライドが許さない。アイドル時代の人気はもう完全に過去のものだった。所属事務所「小田プロ」の社長である前園直夫《まえぞのただお》と長年にわたって愛人関係を続けているものの、目移りしやすい女好きの彼にいつ棄《す》てられるとも限らない。ゴルフ焼けした肌に若作りのカジュアル。五十代半ばの彼は、女から得るエネルギーでその若さを保っているところがあった。

――大丈夫、かれんの身の振り方はちゃんと考えてあるよ。インテリアラフォー美魔女タレントとして、これぞという仕事はちゃんと確保してあるからさ。君に箔《はく》を付ける、格調高い仕事をね。

その仕事というのが、かつてかれんが受賞したプーアール社新人文学賞の特別選考委員というのだからうんざりしてしまう。一度は打ち止めになったその新人賞を復活させるつもりなのだ。所属する大所帯のアイドルグループのブレイクにより、出版界との太いパイプを持つ前園は、今後無名の若手タレントやデビュー前の新人女優をこの文学賞のレースにねじ込み、「超美形作家誕生！」とマスコミを煽《あお》るつもりなのだ。かれんはため息をつきたくなる。「書ける芸能人」は掃いて捨てるほどいるし、大衆に好意的に受け入れられるのはその中でもごく一部だ。出来レースの文学賞など最も反発を呼ぶ。どういうわけか、世の中には文章を読むだけで、裏でどのような政治が動いたのか読み取ってしまう人種が一定数いるのだ。かれんが受賞した当時、どれほどマスコミやネットでバッシングされたか、前園は忘れてしまったのだろうか。

ドラマやＣＭのオファーがぴたりと来なくなり、レギュラー番組が減少しつつあった九年前のことだ。

――かれん、この辺で大きく路線を変更しようと思う。君、本を読むの好きだろう。なら、小説を書いてみないか。一番いい形で世の中に出してみせるから。悪いようにはしない。

確かに、読書は嫌いではない。自己啓発本の類《たぐ》いは背筋をピンと伸ばしてくれるし、柔らかな文体の女性作家の作品は半身浴のお供にぴったりだ。女性誌のインタビューなどで、好きな本の話をすると思いのほか受けがよく、売れているものにはそれなりに目を通してきたつもりだ。なによりトーク番組で一緒になる、作家と呼ばれる人種がやけに堂々とし、優遇されていることを肌で感じていた。一応美女作家の看板を掲げている輩《やから》も所詮《しょせん》は素人《しろうと》レベル、自分より美しい者は一人としていない。もし、この市場に自分が参戦したらどうなるだろう――。考えただけで、目の前に重く垂れ下がった幕がするすると上がっていくような気分になった。もちろん、原稿用紙三百枚超の文字をつづるのは、ゴーストライターに手伝わせたとはいえ、骨の折れる作業だった。おまけに出版の段階でほとんど書き換えられてしまった。それでも、かれんは処女作の出来映えに満足だった。

タレントが文学賞を受賞したということで、当時マスコミは大騒ぎだった。すべてのカードがひっくり返って、勝ちに転じたようなあの快感は忘れがたい。もちろん、出来レースと騒がれないよう、プーアール社と前園は周到に裏工作した。選考はすべて社内の編集者が担当し、過程は決して外に漏らさなかった。例年通り、表向きには小説の公募を行い、五千以上の応募を受けたと聞く。その中から、ちゃんと一般女性の受賞者も選んでおくという念の入れようだった。そこまで注意を払っても、猛バッシングに遭うのだからわからない。すでにタレントとしてはベテランだったかれんでさえ、大衆の悪意と執拗《しつよう》さに衝撃を受けたものだ。

何人ものプロの手を渡り、出版社も入念にチェックをし、確かに商品として体裁を成しているはずのデビュー作『恋愛夜曲』は、「心がない」「小説をなめている」といった厳しい批判を受け続けた。かれんにとって予想外だったのは、人が皆、小説の世界を侵《おか》さざるべき神聖なる領域、と捉《とら》えている点だ。芸能界でなら黙殺される、ちょっとした近道やルール違反が決して許されない。

デビュー作の反省点から、勝負となる二作目は自伝エッセイとすることに前園が独断で決めた。高校時代、両親に反発して家出を試みたことがある。その一夏《ひとなつ》の経験を、人気のゴーストライターに書かせた。かれんとしては極力控えめにしてほしかった性描写が、過激にされてしまったことは不満だったが、出版社側に押し切られしぶしぶ了承した。センセーショナルな内容が評判となり、仕事が増えたのはいいが、化粧品や家電のスポンサーからそっぽを向かれるようになったのは誤算だったかもしれない。「結婚したい女」や「憧《あこが》れの女性」に名が挙がらなくなったのもちょうどこの頃からだ。

いっそ大物と結婚して潔《いさぎよ》く引退すべきかとも思うのだが、一度味わった栄光がどうしても忘れられない。アイドル時代は素人っぽさが魅力だと、拙《つたな》い演技や下手くそな歌もまるで叩《たた》かれなかった。それどころか「真似《まね》できそうな魅力」「恋人にしたい親しみやすさ」と驚くほどに評価されたのだ。受け入れられることが嬉《うれ》しくて、休みもなく徹夜が続くことも少しも苦ではなかった。必死に走り続けてきたのに、周囲の期待にすべて応《こた》えてきたのに、どうしてこんなことになってしまったのだろう。バラエティでお笑い芸人に「先生」とおだてられても心は満たされない。自分はこんなところでくすぶる人間ではない、との思いが強い。アイドル時代に主演したドラマでかれんの脇役《わきやく》を演じていた女優が、今では演技派として売れっ子になっているのだ。もっともっとまばゆいばかりのスポットライトを浴びたい――。あの頃以上に光の当たる場所に行きたい――。そう、すべてはこの山の上ホテルでの一夜にかかっている。

「島田かれん様ですね。401号室にご案内致します」

フロントカウンターで白髪の男がそう言って微笑《ほほえ》み、かれんはようやく我に返る。

先方はもう部屋に来ているのだろうか――。それとも、今もどこかでこちらの姿を窺《うかが》っているのだろうか。もしかして、オーディションはすでに始まっているのではないか。そう思うと、赤い絨毯《じゅうたん》の敷き詰められたロビーでくつろぐすべての客が疑わしく思えてくる。ページボーイに付き添われ、エレベーターで四階へと向かう。廊下を進み、突き当たりの部屋に通された。クラシックな欧風スタイルのインテリアを想像していたから、そこに畳が広がっているのを目にして驚いた。それでも中央にはダブルベッド、窓に向かって書き物机が置かれている。まるで昭和の文豪を描くドラマのセットのよう。噂《うわさ》には聞いていたが、大勢の作家に愛されてきたホテルだというのがよくわかる。

「ご用がありましたら、お呼びくださいませ。それではごゆっくりどうぞ」

ページボーイが一礼してドアの向こうに姿を消すやいなや、かれんはエミリオ・プッチのワンピースが皺《しわ》になるのも恐れずに膝《ひざ》を床につき、ベッド下を覗き込んだ。続いて天井を見上げ、くまなく視線を行き渡らせる。どこかにカメラが仕掛けられているはずだ。何度か経験したドッキリ番組の記憶をたよりにあちこちを探し回る。

その時、ベッドサイドの電話が鳴った。かれんは体をこわばらせ、恐る恐る近づいた。おっかなびっくり受話器を取り、耳に押し当てる。

「もし、もし……」

「時間ぴったりね、島田かれんさん。それではこれからオーディションを開始します」

落ち着き払ったよく通る声。これがあの有名作家、有森樹李なのだろうか。彼女の姿はインタビュー記事の写真や著者近影以外で目にしたことがないので、判断がつかない。年齢不詳のいかにも怜悧《れいり》な印象の眼鏡の女だ。彼女はまるで台詞《せりふ》を口にするかのように、すらすらと続けた。

「課題はたった一つ。それを見事にこなすことができれば、私が原作を提供する映画『柏《かしわ》の家』のヒロイン、美弥子《みやこ》役にあなたを抜擢《ばってき》します。勅使河原《てしがわら》監督とは親しいから、原作者の私の意見は確実に通るでしょう」

『柏の家』と聞いて、ぞくりと身震いした。最高峰のエンタメ文学賞、直林賞を受賞したばかりの有森樹李の長編小説。三十代の独身姉妹の愛憎を描いた大作だ。大御所の勅使河原雄三《ゆうぞう》監督の手による映画化が決まったことで、芸能界でもその噂で持ちきりである。配役がまだ決まっていないらしく、我こそはと名乗りを上げる女優も多いと聞く。まさか自分に声がかかるとは――。思ってもみなかったチャンスの到来に、胸の鼓動が鳴り止《や》まない。

携帯電話に直《じか》に電話がかかってきたのは昨夜のことだ。テレビ局からの送りのタクシーの中で、かれんはそれを受けた。電話の向こうの女は有森樹李と名乗り、早口でこう告げたのだ。

――小説家の有森樹李です。あなたを『柏の家』のヒロイン、美弥子役に推したいと思っています。原作者である私の強いプッシュがあれば、勅使河原監督だって了承するはず。まず、オーディションを受けてもらえないかしら。明日、山の上ホテル401号室で夜八時から翌朝まで。来なかったら棄権と見なしますからね。嘘《うそ》だと思ったら、あなたの家のポストを見てみて。このことはマネージャーにも事務所社長にも言ってはなりません。他言無用にしてください。

最初は何かのいたずらかと思った。ところが、自宅である赤坂のマンションに帰ると、郵便ポストに、勅使河原監督の筆跡であろう『柏の家』の手書き台本が放り込んであったのだ。おまけに台本の間には有森樹李の名刺が挟んであり、サインが添えられていた。名刺に載っている個人事務所の番号に電話をかけると、

——はい、オフィス有森です。ただいま外出しております。

と留守電のメッセージが流れた。おそらく本物とみていい。帰宅するなり、かれんは『柏の家』の台本を読みふけった。台詞とト書きだけでも十分にスリリングな内容だった。町外れの半ば朽《く》ちかけたような洋館で暮らしている三十代後半の姉妹、美弥子と百合子《ゆりこ》。姉の美弥子はかつては美少女子役として名声をほしいままにしていたが、今では世間から忘れ去られた存在だ。しかし、美弥子に奴隷《どれい》のようにこき使われていた百合子の婚約が決まったことから、二人の歪《ゆが》んだ主従関係にヒビが入り始める。台本を読み終えるなり、かれんは大急ぎでタクシーを呼びつけ、深夜営業の書店で原作を購入した。そして、朝までかけて読み終えた。

とにかく、美弥子が素晴らしい。狂気と純粋のはざまで揺れ動く、複雑で魅力的でインパクトのあるキャラクターだ。勅使河原監督の演出の下、彼女を演じることができたら、自分はきっと高く羽ばたくことができる——。胸が膨らむ思いだった。

電話の向こうの声は事務的に命じている。

「あなたの今いる部屋の真上、501号室には小説家の東十条宗典が宿泊しています」

「東十条宗典って、あの東十条宗典ですか？」

思わず声が裏返ってしまう。東十条宗典といえば、団塊世代の超有名作家ではないか。作品は数多く映像化され、つい最近まではワイドショーのコメンテーターも務めていたはずだ。

「彼は明日の九時までに『小説ばるす』の原稿を上げるために、文鋭社に缶詰にされているのです。あなたにやってもらいたいことは、その原稿を落とすことです。彼の原稿が『小説ばるす』五月号に掲載されるのをなんとしても阻止してください」

かれんはぎょっとして声を張り上げた。

「そんなこと、無理に決まっているじゃないですか！」

一体、美弥子役となんの関係があるというのだろう。てっきり演技のテストとばかり思って台詞を暗記したくらいなのに。電話の声が一気に速くなる。

「無理？　今あなた無理って言った？　こんなことくらい、楽にこなせるようでなきゃ、女優なんて務まらないわよ」

「でも……」

有森樹李が一気にたたみかけてきた。

「あなた、この役が欲しくないの？　待ってるだけじゃ美味《おい》しい仕事にはありつけないわよ。私を失望させるつもり？　どんな卑劣《ひれつ》な手を使ってでももぎ取るだけのガッツがあなたにはあると思ってたのに」

思わずぎくりとして、かれんは周囲を見回す。まさか、有森樹李はプーアール社の出来レースのことを皮肉っているのだろうか。いやいや、そんなはずはない。彼女は名門出版社の大きな賞をとってデビューしたらしい。歴史の浅い中堅出版社の新人文学賞とはなんの関係もないし、うらやましいとさえ思わないだろう。樹李の声が子供に言い含めるような調子に変わった。

「過去に一人だけこの課題をクリアした女性がいたの。彼女はあなたとまったく同じ条件のもと、東十条宗典の原稿を落としました。そして自分の力で道を切り開きました。彼女にできてあなたにできないはずがないでしょう」

一体、この女は何を言っているのだろう――。かれんは次第に薄気味悪くなってくる。くるくると変わる声の調子、あらかじめ用意されているような流暢《りゅうちょう》な言葉づかい。もしかして、有森樹李という女は少し頭がおかしいのかもしれない。

「一体どんな手を使ったんですか？　その彼女とは誰なんですか。そんなこと、不可能に決まってるのに……」

やや間があった後で、樹李はこともなげにこう返した。

「あなたは彼女の上を行く女性のはずですよ。何故《なぜ》って彼女は、かつてあなたに敗れた人間だから」

作家という人種のこういったまどろっこしい話し方が、かれんは大の苦手だ。相手を絡《から》め取り、自分のフィールドにおびき寄せ、穴に突き落とすような彼らの手口には、女性誌の対談などで何度も引っかかっている。しかし、負けてはならない。

「何言ってるんですか？　私はこれまで勝負したことなんか……、誰かを蹴落《けお》としたことなんかないです。私は確かに芸能人ですけど、どちらかといえばキャラで売っているほうで、そういった熾烈《しれつ》な争いからは遠いところにいるんです。お願い、どんなヒントでもいいです。どうしたらいいか教えてください。私、これを逃すともう後がないんです……。事務所に酷《ひど》い仕事をさせられるかもしれないんです」

こうなったら取り繕っている場合ではない。嘘でもなんでもつこう。哀願するような口調を心がけた。口惜《くや》しいが、もうこの女にすがるしかないのだ――。頭の中が普段の何十倍ものスピードで回転し始める。一番この場にぴったりくる話はどれだろう。もしかして、小説家の頭の中はこういうふうに動いているのかもしれない。その時、はっと閃《ひらめ》いた。

「そう、ＡＶ。ＡＶに出演させられるかもしれないんです。本当に後がないんです。あなたにわかります？　先のわからない怖さ。周りが敵ばかりの緊張感。もう若くもないし、代表作もない。そんなタレントの気持ち、少しでもわかってくれます？」

過去に出演したどのドラマでも、これほど言葉に感情を込めたことなどない。かれんは不思議な快感にとらわれる。たった今、でっち上げた物語が舌の上を滑って体の外に流れ出し、現実に浸透していく。まるで世界を操っているような気がする。もしかして、これが創作ということなのかもしれない。しかし、有森樹李の心は少しも動かされないようだ。

「そんなの小説家だって同じよ。先が怖いのはみんな同じ。だからこそ、知恵を目一杯使って生き延びるしかないの。あなたみたいに誰かに頼っちゃだめなのよ。そして、誰のことも絶対に信じちゃだめ。そう、ヒントとして私が言えるのはこれだけだわ。その代わりに、手段を選ばないこと。東十条宗典の原稿を落とすためならどんな手を使っても構いません。法律よりも目的を守ってください。それじゃあ、これよりオーディションをスタートします。期限は明日朝九時。それじゃ健闘を祈ります」

「そ、そんな。ちょっと待って、待ってください」

電話は一方的に切れ、ツーツーという音がむなしくこだまする。かれんは茫然《ぼうぜん》と受話器を握りしめ、窓の外に目を向けた。闇の中、明治大学キャンパスの木々が不穏なシルエットを浮かべてさざめいている。真っ先に思いついたのは、前園に連絡を取ることだった。デビュー以来、ずっと彼の指示を仰いで生きてきた。今回だってきっと知恵を授けてくれるに違いない。グッチのバッグから携帯電話を取り出す。しかし、呼び出し音の後、留守番電話に繋《つな》がるばかりだった。何度繰り返しても同じことだった。

なんでこんな時に限って——。

かれんはカッとなって、携帯電話を畳に叩きつけた。ああ、いつもと同じ。ベッドでは大きな口を叩くくせに、ここぞという時になると前園はなんの役にも立たない。そろそろ見切りをつけるべきかもしれない。

でも、ここで引き返すわけにはいかないのだ。今を逃したら、一生B級タレントのままだ——。数々の屈辱が蘇《よみがえ》ってきて、奥歯を噛みしめる。とにかく今はやるしかない。ここが踏ん張りどころなのだ。かれんは知恵と気力の限りを掻《か》き集める。あと数時間だけ頑張れば、きっと道は開ける。日本を代表する大女優になれるかもしれない。こんなふうにたった一人で何かに挑むのは初めての経験だということに、改めて気付いた。

ベッドサイドの水差しからコップに水を注いで一息に飲み干す。火照《ほて》った体が冷たい柱で一直線に貫かれる気がして、かれんは身震いした。窓の外では、木々がけしかけるようにごうごうと鳴り始めている。

かれんは頰をピシャピシャと両手で叩く。

ワンピースの胸元を大きく開き、手首を顔に近づけ香水を確認した。さらに髪を整え、グロスを塗り直す。深呼吸をして、501号室のドアをコンコンとノックする。間もなくして、着流し姿の白髪の男が顔を出した。あれ、こんな人だっけ――。東十条宗典は思ったよりずっと若く、小柄な印象だった。正直なところ、テレビで数回見たことがあるだけなので、記憶に自信はないのだが。彼について知っていることといえば、不倫小説の大家で、作品の数多くが映像化された売れっ子で、女好きとして有名であるということだけだ。しかし、それだけ知れば十分。とうに作戦は決まっていた。

「誰だね、君は」

落ち着いたバリトンボイスにほっと胸を撫《な》で下ろす。そうそう、こういう声だったかもしれない。

「あの、お忙しいところすみません。私、島田かれんです。ご存じありませんか」

精一杯、妖艶《ようえん》に微笑んだつもりなのだが、東十条は怪訝《けげん》な様子を隠そうともしない。

「知らないな。申し訳ないが、お引き取り願おうか」

閉じられかけたドアの隙間に向かって、夢中で叫ぶ。

「待ってください。私、タレントなんですけど、小説も書いているんです。同じ物書きとして先生のこと、尊敬しています。是非、一度お話を伺いたいと思って。ご指導いただきたく思っております」

「そんなことはどうでもいい。それより何故、この部屋に私がいることがわかった？」

「ええと、それは……、その、それは、その」

容赦ない切り返しに、かれんはしどろもどろになる。ふと、有森の言葉が思い出された。かつて東十条の原稿を落としたという謎《なぞ》の女。もし本当ならば、一体どんな手を使ったというのだろう。同じ女なのだから、計画自体はかれんと大差ないはずだ。ただ、まず入り口をどう突破したのか、そこだけが知りたくてならない。部屋に入りさえすれば、勝ったも同然なのだから。

「え、ええと、とにかくお願いします。話だけでも聞いてください。お願いします。中に入れてください。後生です。一生のお願いでございます」

上手《うま》いアイデアが浮かばないので、とにかく必死で何度も頭を下げる。売り出し時代のサイン会で、こんなふうにひたすらペコペコしていたことを思い出していた。しばらくして、やれやれといったため息の後、ドアが大きく開かれた。

「入りなさい。でも、長居は困る。私は忙しいんだ。明日の九時までに原稿をあげなければならないのだからな」

かれんは転がるようにして部屋の中に飛び込んだ。応接セット、パソコンの置いてある書き物机、セミダブルのベッドが二つに揺り椅子《いす》。401号室とほぼ同じ間取りなのに、洋風インテリアのせいか、重厚な印象である。が、見とれている暇はない。かれんは夢中で床に膝をつくと、絨毯に額を押しつけた。

「何をしてるんだ！」

当惑し切った声が頭上に降り注ぐ。もはや恥ずかしいとは思わない。カエルのようにべったりと、絨毯に上半身をへばりつかせた。

「先生、一生のお願いです。今お書きになっている原稿を明日、文鋭社に提出しないでいただけないでしょうか？」

「一体君は何を言ってるんだ。何が目的なんだ？」

かれんは瞳《ひとみ》を潤《うる》ませることに成功すると、できるだけ哀れっぽく東十条を見上げた。アイドル時代から泣き顔には定評がある。かれんは包み隠さず、自分に今どんな試練が与えられているかを打ち明けた。強者《つわもの》の懐《ふところ》に入るには徹底的にか弱く振る舞い、庇《ひ》護《ご》欲をくすぐる方法が一番、と経験で知っている。特に年配の権力者はこの手に弱い。下手な計算は、時間の無駄というものだ。しかし、揺り椅子に腰掛けてすべてを聞き終えた東十条に、特に心を動かされた様子はない。

「君を気の毒とは思わないな。芸を売る世界で、才能がない者は徹底的に惨《みじ》めに地べたを這《は》いつくばって生きていくしかないだろう。すでに君はそのオーディションとやらを、途中で放り出しているじゃないか。私を罠《わな》にはめるという課題を放り投げたんだ。したたかですらない。だから『美弥子』役はあきらめるべきじゃないか」

こう来たか。かれんは背筋を伸ばしすっと立ち上がると、とびきり魅惑的な笑みを浮かべて見せる。腐ってもタレント、いや女優だ。この男と寝ることで、素晴らしいチャンスを摑《つか》めるのなら、安いものだと思う。前園ともこんなふうにして始まったことを思い出す。年齢はかなり上だが、東十条の風采《ふうさい》は悪くない。なにより、知名度も高く絶対的権力者だ。乗り換える相手として申し分ないかもしれない。

「先生、でも私、女優として成功したいんです。だから、どうしても先生に原稿を書かせるわけにはいかないんです。これは私に与えられた最後のチャンスなんです。その代わり、私、今夜はあなたにどんなことでも許してさしあげるわ。どんなことでも……」

彼の目をじっと見つめながら、ゆるやかにベッドに横たわり、胸元を大きくはだけてみせる。膝を優しくこすり合わせれば、スカートの隙間から引き締まった白い太腿《ふともも》が覗くのがわかる。男の瞳に映る自分のしどけない姿を思うと、なりゆきとはいえ体の芯《しん》が熱くなるようだ。東十条がようやく立ち上がった。

「そこを離れたまえ」

耳を疑い、かれんはぽかんとして東十条を見つめた。彼の表情からは濁《にご》りのようなものがまったく読み取れない。

「私はかつての私とは違う。申し訳ないが、現在、妻以外の女にまったく興味がないのだよ」

途端に頬がカッと熱くなる。こんなふうに異性から拒絶された経験などない。東十条の軽蔑《けいべつ》し切った視線が堪《こた》える。泣きたい思いで胸元を掻き合わせると、かれんは怒鳴った。

「そんな……。だって、あんなにたくさん不倫小説を書いているじゃない！」

「作品と本人を重ねるのは、素人の読み方でしょう」

声のトーンががらりと変わったことに、かれんは戦慄《せんりつ》した。見れば東十条宗典はくたびれたようにどさりと揺り椅子に体を預けると、突然頭に手をやった。次の瞬間、白髪のかつらが床にバサリと落ちた。

「あなたも作家でしょ。島田かれんさん。なら、少しは自分で考えて、相手を手のうちで転がすことを覚えたほうがいいですよ。有森樹李先生、もういいですか。これ以上こんな茶番を続けても、なんの意味もない」

あまりのことに口もきけない。かれんは茫然と、突如目の前に現れた四十代くらいの男を見つめる。彼は和服のたもとから眼鏡を取り出すと、素早く身につけた。その時、どこからか聞き覚えのある声がした。

「遠藤先輩、さすが卒業公演の『リア王』で主演をはっただけありますね。本物の東十条とほとんど変わらないわ。編集者より役者のほうが合ってるんじゃない？」

まさか――。作り付けのクローゼットが急に内側から開く。そこから飛び出したのはなんとパンツスーツ姿の有森樹李その人と、怒りで顔を真っ赤にした前園だった。

「前園さん！　あなた何やってるの!!　これ、どういうことなの？」

「何もおかしいことなんてないわよ。オーディションに事務所の社長が立ち会うのは普通のことでしょ。あなたが東十条と思ったその男は、私の担当編集者よ」

有森樹李はおかしくてたまらないようにクスクス笑っている。写真で見たより、ずっとか細く、神経質な印象を受ける。決して醜いわけではないのだが、表情に険《けん》と疲労が滲《にじ》んで、彼女を老《ふ》けて見せていた。前園が声を震わせている。

「お前とは終わりだ。いくらチャンスが欲しいとはいえ、他の男に体を開こうとするなんて。見損なったよ。正直もう一緒にやっていく気がなくなった。仕事の上でもな」

妻子持ちで浮気性のくせに、彼が大変嫉妬《しっと》深い性質であることを忘れていた。反論が思いつかず、かれんは唇を震わせる。どう切り抜ければいいのか少しも頭が働かない。前園は舌打ちすると乱暴な足取りで部屋を出ていった。ばたん、というドアの音が部屋に響く。かれんは思わず、首をたれた。

「初めまして、でもないわね。私の顔を忘れたとは言わせないわよ。島田かれんさん」

樹李はにっこりと微笑み、ベッドの端に腰掛けると、からかうような仕草で覗き込んでくる。逃げたいけれど、体が動かない。かれんは叫び出したくなるのを堪《こら》え、必死で記憶を辿《たど》った。だめだ、どうしても思い出せない。有森樹李と自分に接点があるなんて考えたこともなかった。とてつもなく恐ろしいことに巻き込まれている気がして、冷や汗が背中を伝う。

「あなたが第三回プーアール社新人文学賞を受賞した時、一緒に壇上に立った女を覚えていない？」

「まさか……、あなたがあの時の？」

おかしい、そんな――。かれんは言葉を失う。確かあの時、壇上に引き立て役として並んだのは、いかにも世慣れない雰囲気のぽっちゃりとした幼い印象の女の子だったはずだ。目の前にいる冷徹な女とまるで重ならない。フラッシュが焚《た》かれる度におびえたように目を逸《そ》らしていた様子が、ぼんやり思い出される。一体何がどうなったら人はここまで変われるのだろう。

「おかしいわ。だって、外見も違うし、名前だって……」

「外見が違う？　名前が違う？　変えたのよ。変えないと一冊目の本が出せなかったの。誰のせいだと思う？　あんたとあんたの事務所の社長、そしてプーアール社のせいよ！」

唐突に樹李の目がカッと見開かれた。真っ赤に充血した白目を見て、かれんは心臓が止まりそうになる。ワンピースの襟ぐりを乱暴に掴まれる。喉《のど》が絞めつけられ、呼吸が上手くできない。

「芸能人が本を出すことが別に悪いわけじゃない。出版社の文学賞の裏に政治が働いていても目をつぶる。でもね、私は新人賞だけは絶対に平等であるべきだと思う。何千人という作家志望者の夢をくじくことだけは絶対に許せない。一生に一度の、新人の華々しいデビューの日をぺちゃんこにするような真似、作家の立場としては許せないの」

「出来レースじゃないわよ。せ、正当な受賞よ」

「ふん、さっきあんたの男が全部吐いたわよ！　裏でいくらの金が動いたかもね！」

そう言い放つと、いきなり有森樹李はワンピースから手を放した。咄嗟《とっさ》のことに、かれんはベッドから転がり落ち、したたかに床に腰を打ちつけた。低くうめいているかれんの前に樹李が立ちはだかり、乱暴に髪を掴んでこちらを向かせようとする。頭皮がはがれそうな痛みに、悲鳴が出る。救いを求めて、彼女の編集者に目を向けると、彼はただ無表情に見守っているだけだった。殺される――。有森樹李の人間のものとは思えない凶暴な眼差《まなざ》しに、かれんは生まれて初めて命の危険を感じていた。

「五年半前、私はちょうど下の部屋で執筆していたの。なけなしのバイト代をつぎ込んでこのホテルに泊まったのは、早く本を出したかったから。そしてその時持っていた気力のすべてを駆使してこの部屋に泊まっていた東十条宗典を陥《おとしい》れた。チャンスをこの手でむしり取ったの。あの時の気持ちがこうしていると今も蘇るわ。あの頃の自分が、どうしてもあなたを許すなと言っているの」

「唯一《ゆいいつ》の成功者ってあなた……？　つまり、あなたは……、自分がやったことと同じことを私がやれるか試したの？」

　これは何かの悪い夢だ。失神できたら楽なのに、とかれんは震えながら、目の前の険しい顔から目を逸らす。この女、頭がおかしい。作家なんて人種にかかわるんじゃなかった。

「そうよ。だって、女優にも作家と同じ力は必要でしょ。物語を構築し、そこに没入できる能力とエネルギー。それくらいのことできなくて、よく映画のオーディションにのこのこ出てこれたわね。まあ、あなたみたいなタイプは、表現を生業《なりわい》とする人間なんて、ことごとく見下しているでしょうけど」

　その言葉にかれんはやっと気付いた。自分が作家という職業にまったく敬意を払っていないことに。やってみてわかったが、執筆なんて孤独で地味で退屈な作業だ。ちやほやされるかもしれないが、芸能人や政治家ほどではない。疲労感と猜疑心《さいぎしん》をむき出しにする彼らは少しも美しくない。一部を除いてそう裕福でもないのに、妙に人を小莫迦《こばか》にし、えばりくさった態度も苦手だ。小説を書く力がなければ、ほとんどが負け犬と呼ばれる偏屈な貧乏人ばかりではないか。どれほどの名作を書き上げても、すべて妄想の産物だし、所詮消費されていくだけの運命なのに。見るものすべてを自分の小説の材料にしようとする傲慢《ごうまん》さにも心底ぞっとする。ああ、なんでこんな職業に一度でも近づいてしまったのだろう。

「うう……。あなた、頭がおかしいわ――。そんなに長く人を恨み続けて、仕返しのチャンスを窺うなんて、普通の人間のすることじゃない。あなたは病んでる。どうかしてる。成功していたって、あなたは不幸よ。狂ってるわ」

途端に、樹李は喉を見せて笑い出した。

「あっはっは。そうね、私は頭がおかしい。あなたの言う通り。ええ、成功する作家はみーんな頭がおかしいのよ。いえ、最初はまともでも、出版界にどっぷり浸《つ》かるうちに、おかしくなってしまうのよ。この業界の人間はみんなまともじゃないからね！　あれ、あなただって一応作家でしょ。ならあなたの頭もおかしいんじゃないの、あはは、あははは」

「な、なによ、あなたに私の辛《つら》さなんてわかるもんですか」

かれんはもう恥も外聞もなく叫んだ。涙と鼻水が滝のように流れ、顎《あご》から首へと伝っていく。樹李はさも愉快そうにニコニコとこちらの様子を眺めている。その目はまるで洞穴のようで底なしに見えた。

「人気に左右される私達タレントの辛さが……。あなた達みたいにいろんなものに守られて、高みからものを言うだけの人間にわかるわけないわよ。私の苦悩や不安はあなたに絶対にわからないわ」

「いろんなものに守られてる？　へーえ、作家が？　作家が誰に守ってもらえるって言うのよ。作家には事務所もマネージャーもいないんですけどねっ」

ああ、もうだめだ。この女に何を言っても、必ず言い負かされる。逃げ場はない。自分を支えていた糸がぷつりと途切れた。やめておけ、と心では言っているのに、気付けば腹の底から声を絞り出し、あらん限りの大声で怒鳴っていた。

「そうやって、私を責めればいいわよ！　責めていい気になっていればいいわよ！　才能がなくなって、莫迦にされたって、卑怯《ひきょう》な手を使ったって、私は、私は……光の当たる場所に居たいの！　それがどんなに惨めでみっともないことでも、人から視線を向けられなくなったら私の命の火はそこで終わってしまうのよ！」

肩ではあはあと息をし、渾身《こんしん》の力で樹李を見据える。その時、彼女の表情が変わった。

「その台詞に覚えはない？」

先ほどまで何も映さない湖のようだった樹李の目に、母親のごとく優しい色が浮かんでいることに、かれんははっとなった。

「『柏の家』の美弥子の台詞。まさかあなたの口から自然に出てくるとはね、負けたわ。言葉に心が入っていたわ。作者としても感無量よ……。合格よ」

そう言って跪《ひざまず》くと、こちらの肩に樹李がふんわりと手を置いた。

「え……」

「なりふり構わず本音をぶちまける勇気……。目的のためなら手段を問わない身勝手さ。美弥子役に一番必要なものを、あなたは持っているのね。あの日、一緒にデビューして並んでスポットを浴びた日から、あなたの資質に気付いていたわ。島田かれんさん。オーディションは合格。あなたは『柏の家』のヒロイン、美弥子に決定よ」

「もしかして、私に役を理解させるために……？」

かれんは思わず両手で口を塞《ふさ》いだ。胸にどっと温かいものが流れ込んでくる。

「そう、今までのは全部お芝居。あなたを女優として開眼させ、才能を引き出すために、私が仕組んだの」

全身からゆっくりと力が抜けていく。ふと、気付けばかれんは笑い出していた。同時に涙も止まらない。まったく、まったく――。なんて奇妙な仕事なんだろう。作家も女優も――。

「先生、これでご満足ですか？」

担当編集者がぽつりとつぶやいた。彼はなんだか疲れ果て、傷ついているように見えた。樹李はごく軽い調子で微笑んだ。

「遠藤先輩、どうもありがとう。誰も協力してくれない中、あなただけはよく頑張ってくれたわね」

「一度は約束しましたからね。あなたが落ちる時は、僕も同じところまで落ちると」

「あらあら、そんな約束したかしら。随分昔で忘れちゃったわ」

「まったく……。有森先生ほどこのホテルにふさわしい作家も居ませんよ」

いつの間にやら、窓の外には真っ赤な朝焼けが広がっていた。なんだか、有森樹李の背中から噴き出している血しぶきのように、かれんには見えた。

2

妻が心配するように、カンヌに到着してからまばたきが増えているのは、老眼のせいではない。この地にのぞむ地中海は、見る人の心まで奪い尽くすかのような、鮮やかで激しい青色で、やたらと瞳に沁《し》みるのだ。

コート・ダジュールの老舗《しにせ》ホテルの広々としたテラス席には、カンヌ映画祭期間は赤い絨毯が敷き詰められ、地元で有名なブラスバンドが演奏している。そこで宿泊客らは自由に踊っていいことになっていた。手を取り合う男女の中にはハリウッドスターの姿もちらほら見受けられ、テーブル席に座る客の視線は釘《くぎ》づけだ。誰もが高揚した表情を浮かべる中、厳しい顔つきでＡｉｒＭａｃのノートパソコンに向かう東洋人の眼鏡女は目立っていて、見つけるのは至って簡単だった。

「原作を提供した『柏の家』がカンヌ映画祭に出品。審査員絶賛で早くも話題をさらう、か。せっかくの一世一代の晴れ舞台という日に、浮かない顔をするなんてプロ失格だぞ。仕事は日本でもできるだろ。作家は俳優とほとんど変わらないよ。一歩外に出たら与えられた役になりきらなければな」

有森樹李がこちらを見上げた。たいして驚いた様子もなく、興味なげにすぐにパソコンに視線を落とす。

「なんで、あなたがここにいるの？」

東十条は肩をすくめて、彼女の隣に腰を下ろした。

「娘がボーナスで旅費をプレゼントしてくれたんだ。カンヌ映画祭シーズンに妻と二人で地中海クルーズでもどうかなってね。今朝、地元の新聞の一面を見て驚いたよ。

主演女優や監督と一緒にレッドカーペットを歩く君の姿があるんだからな」

「ふーん。山の上ホテル作戦に乗ってくれなかったくせに、よくもしゃあしゃあと私に話しかけられるわね。学生運動でかなりやんちゃしたって噂で聞いていたから、ゲバ棒片手に乗り込んでくれるかと思ったのにさ。仕方ないから、遠藤先輩が代役を務めたのよ」

「面倒なことには巻き込まれたくないからな。でも、微力ながら首を突っ込ませてもらったよ。プーアール社の社長にかけ合った。あの新人賞は今度こそ終わる。私の書き下ろし長編の執筆と引き換えに、約束させた。これで恨みは晴らせただろ」

「へえ、そうなの……」

彼女はようやくこちらを見た。二人はしばらく見つめ合う。

おそらくほとんど寝ていないのだろう。月に十五本以上の締め切りがあるという噂は本当かもしれない。青ざめた顔で目の周りが落ちくぼんでいる。肌荒れも酷い。背中が大きくあいたアルマーニのドレスが台無しではないか。わずか数年の間でここまで風貌が変わった女を、東十条は他に知らない。

「結局、私達のほうが、あの女よりはるかに役者ってわけね」

彼女の視線のはるか先には、テーブル席にぽつんと一人で座る島田かれんの姿があった。泣きそうな表情で海を見つめるその姿は、芸能人とは思えないほど華がない。風が吹けば飛ぶような薄く白い体がなんとも貧相だ。東十条はため息をつく。

「可哀想《かわいそう》な島田かれん。役作りのためにあれほど瘦《や》せたというのに、マスコミも観客もあの新人扱いだった女優しか見ていない。もう一人のヒロイン、百合子役を演じた冴木《さえき》裕美子――。なんという美しさと演技力だ。舞台を中心に活動していたとはいえ、まさか君のサークル仲間だったなんて思えないな。あの作品自体が彼女のためにあるようなものだな。申し訳ないが、島田かれんはエキストラ以下の存在感だ」

「彼女は親友よ。サークル時代からずっと、お互い助け合ってきたの。あんなに才能があるのになかなかチャンスに恵まれなくて。でも、今回は正当なオーディションでこの役を勝ち取ったの。やはり、どんな世界も実力よね。それに引き換え――」

ようやく樹李はパソコンを閉じると、クスクスと笑った。

「ろくに演技の勉強もしてこなかったくせに、女優で成功する夢を見るなんて、おこがましいのよ。ま、映画全体としての出来は完璧《かんぺき》に近いから、原作者としては鼻高々だけど。あの女、一応は作家を目指したとは思えない読みの甘さね。誰の言うことも信じるなって最初に忠告したのに。あの作品の本当の主人公が百合子であることに気付かないなんてね。読解力のない人間が読むと、『柏の家』のヒロインは美弥子だと思ってしまうのが不思議よ。『吸血鬼カーミラ』の姫川亜弓《ひめかわあゆみ》級の演技力がない限り、美弥子を主役にするのは難しいわよ」

「こうなることは全部計算ずくか。長いシナリオだったな。ああ。まったく女ってのは……」

　こちらの言葉を樹李は鋭く制し、一気にまくしたてた。

「女は怖い、みたいな陳腐でダサいこと言わないでね。私、その言葉だいっ嫌いよ。怖いのは女じゃなくて、この私よ。この、有森樹李よ。東十条先生。これは私が、九年かけて考えた復讐《ふくしゅう》劇よ。ずっとこの光景を夢見てた。嫌なことがある度に思い描いていた。島田かれんに知ってほしかったのよ……。死にもの狂いで摑んだ晴れの舞台で、誰からも見向きもされない理不尽さを。名前を覚えてもらえない悲しさを。自分になんの落ち度もないのに、脇役に押しやられる悔しさを。これでやっと私の復讐は完了」

　樹李は大きく伸びをし目を細めてみせたが、仕草とは裏腹に表情は暗かった。東十条は頰杖《ほおづえ》を突くとじっと彼女を覗《のぞ》き込む。

「で、どうだい、何もかも手に入れた女王の気分は？　私には正直に教えてくれるだろ？」

しばらくの間、樹李はぽかんとこちらを見つめていた。やがて、小さく笑ってみせた。

「……変ね。少しも心は晴れ晴れしないのよ」

彼女は静かにそう返した。その視線は東十条もかれんも通り抜け、海と空の境界線に向けられている。

「あの頃の自分の恨みを晴らすことで、純粋だった自分を守るつもりだったのに、かえって殺してしまったみたい。私、どんどん嫌な人間になっていく。誰も信じられないし、誰も私を信じない。できることなら、あの頃に戻りたいわ。山の上ホテルであなたを騙《だま》した頃に」

疲れ果てた表情で、彼女は肩を落とし、小さく息を吐いた。

「老害を憎むあまり、気付けば自分が老害になってるって……。ものすごくよくある陳腐な物語ね。これから、何を支えに書いていけばいいのかな、私——」

その様子は心底途方に暮れていて、一瞬だけ彼女が少女のように見えた。東十条はしばらく考え、口を開いた。

「何を言ってる。まだ一つも始まっちゃいない。君の本当の戦いはまだまだここからだろう」

樹李は驚いた目をこちらに向ける。

「すべてを手にした自分をどう鼓舞するか。世界に迎合せずに、いかに己の良心を守り抜くか。これまでがプロローグだったんだよ。さあ、ここからはますます苦しいぞ。でも、君ならやりとげるさ。お手並み拝見といくよ」

有森樹李は呆気《あっけ》にとられた表情で、文壇きってのドンファンを見つめている。

「信じられない。私を……。私を……、励ましてるの？　東十条宗典が？」

「違うけれど、そう取りたければそう取ればいい。君は一人じゃない」

「まさかとは思うけど、口説いてる？」

「違う。いつだって読者がいるということだ」

「あ、そっちか。びっくりした」

すっかりいつもの調子を取り戻したように、樹李は大げさに胸を撫で下ろしている。

「読者だけじゃない。書店員、書評家、編集者。もちろん、君を嫌う人もいるだろう。でも、本を愛する彼らこそが、君の居場所を作ってくれているんだよ。君の存在を認めてくれているんだよ。だから、一人ではない。私はそのことにずっと気付けなくて遠回りをしてきた。信じることを怖がるな。先輩としての平凡な忠告だよ」

こんなにも目の前の女の心に入り込もうと努力し、言葉を尽くす自分に、東十条は驚いていた。妻にプロポーズして以来ではないだろうか。いやいや、彼女に恋しているわけはない。ただのありふれた友情だ。

　そう、いつの間にか有森樹李は東十条にとってたった一人の友達になっていた。波の音が二人の間を流れていた。

3

　私はしばらく本当に口がきけなかった。驚きのあまり目に入る風景が変わってしまったくらいだ。このところずっとぼやけていた視界のピントが突然、ぴたっと定まった気がする。思わず眼鏡を外し、テーブルに置いてしまった。頭が真っ白になったあまり、つい率直な感想を漏らしてしまった。

「あなたにそう言われると、なんだか救われる。なんかびっくり。東十条宗典に励まされる日が来るなんて」

　思わず肩をぐるぐると回して髪をほどいた。気持ち良い潮風が頬を打った。そう、泣いても笑ってもここは生まれて初めてのコート・ダジュールなのだ。観察したり批評することにばかりかまけてここ数年、私は楽しむことをすっかり忘れていた。読書をしても、映画を見ても、人と話していても、気付けばネタを探す自分が居て、少しも目の前の「いま」に集中できない。寝ても覚めても常に締め切りが頭から離れなかった。いろいろなことが海の向こうに遠ざかるのを感じる。

日本に帰ったら、彼はまた敵に戻る。最近、本物の文豪の貫禄《かんろく》を身につけつつある東十条は、今までとはまったく違う意味での脅威になっていた。私達のレースに終わりはない。でも――。

その時、ブラスバンドがタンゴを演奏し始めた。あっ、この曲は……。

「一時休戦だ。今は踊ろう。踊れない、とは言わせないぞ。これは私の好きな曲だ」

「知ってる。私もこれ大好き。『ポル・ウナ・カベサ』っていうんでしょ。『トゥルーライズ』に出てきたのを覚えてる！」

「そこは『セント・オブ・ウーマン／夢の香り』の名シーンと言ってほしい。アル・パチーノとタンゴを踊るあの女優はなんといったか……。そう、ガブリエル・アンウォー。息が止まるほど美しかった……」

「はあ？　『トゥルーライズ』のジェイミー・リー・カーティスのコメディ演技が上でしょ！」

東十条がそっと手を差し出す。私は少しためらってから、その手に触れた。

「やだ、ペンだこがある。見るのも触るのも初めて。さすが団塊世代ね」

大きな隆起を指で押すと、東十条は顔を赤くした。こいつけっこう可愛《かわい》いかも——。

私が思わずにやりとした瞬間、いきなり彼は私の腰を掴み、思わぬほどの力強さで床すれすれまで引き下げた。髪が赤い絨毯《じゅうたん》に触れるのがわかる。空と海が反転する。

私はにわかに好戦的な気持ちになって、彼の首に手を回すとあらん限りの力を込めた。耳元で彼がこうささやく。

「ほら、見ろ。君は一人じゃない。私の肩越しに君の才能を誰よりも認めている男が見えるはずだ。君にさんざん傷つけられても見放さなかった勇者だよ」

確かに東十条宗典の言う通りかもしれなかった。

4

ダンスというより、あれではまるで格闘技。テーブル席に腰掛け、二人を見守っていた遠藤はあきれて忍び笑いを漏らす。

東十条が樹李を抱き寄せると、彼女は逃れるようにしなやかに体をそらせる。樹李が東十条に体を預けると、今度は彼が突き放すように、彼女の体を乱暴に回転させる。

切なげで美しい旋律と激しく情熱的なメロディが交互にやってくるこの曲は、まさに二人の関係にぴったりだった。お互い睨《にら》み合いながらも、少しも視線を外そうとしない。ただならぬ雰囲気に、ハリウッド・セレブでさえ遠巻きに眺めているくらいだ。地中海を従えたこのテラス席の主役があの二人であることに間違いはない。

全身から力が抜け、潮風が吹き込んでくるのを感じていた。こんなに安心したのは何年ぶりだろう。この数年は、日に日に猜疑心を強くし、野心的になる樹李に振り回されっぱなしだった。彼女に命令されるままに、危ない橋を何度も渡った。何度も逃げたいと思ったが、それをしなかったのはこの瞬間を見届けたかったからだ。

有森樹李はもしかして最悪を脱したのかもしれない。出張にかこつけ、カンヌまでついてきたかいがあったというものだ。最近の彼女は放っておくと何をしでかすかわからない危うさがあった。

結局、作家を救うことができるのは、同じ作家だけだ。いつだって、編集者は部外者。それでも——。彼女を追い、見守り、支え続けるつもりだ。それができるのは出版界広しといえども、この遠藤道雄ただ一人なのだから。

平成の作家に圧倒的に欠けているものはきっと執念とハッタリ。そして最も大切な、己の力で取り戻すイノセンス。これから先、何度でも彼女はそれを失い、そして手にするのだろう。

有森樹李、いや、中島加代子の本質にどうしても惹《ひ》きつけられる。まばゆいばかりにドラマチックで、傍にいるだけで、長い長い小説のページをめくっている気になる。ひょっとすると救われているのは自分のほうなのかもしれない。圧倒的なエネルギーと物語を生み出す力に。東十条と加代子の姿に向かって、遠藤は抜け目なくデジカメのシャッターを切る。東十条の肩越しに加代子と目が合った。微笑《ほほえ》むでも会釈《えしゃく》するわけでもなく、ほんの数秒だけ視線を絡ませる。だが、それで十分だった。

——来月号の『小説ばるす』のグラビアページはこれで決まりだな。新時代の寵児《ちょうじ》と返り咲いた大御所、地中海でランデブー。話題を呼ぶぞ。

そう、東十条の言うように、彼女の本当の勝負はここからなのだ。

二人はまるですべてを呑《の》み込み粉砕する竜巻のように、いつまでもぐるぐると激しく回転し続けていた。

解説――作家はきれい、作家はきたない

石田衣良

さて最初にレジュメを数行。

この本は、現在人気急上昇中で精力満点の作家・柚木麻子が、身も蓋《ふた》もなく作家と本の世界の暗黒面を描いた作品だ。格調高い出版界と一見優雅そうな作家の生活の裏側を覗《のぞ》き見たい人には、格好のお奨《すす》めである。ここに登場する作家のモデルはあの人、文学賞のモデルはこの賞というのが、本好きにはまず間違いなくわかるはずだ。

馬力のある作家が本気でふざけると、こんな快作（怪作？）ができあがるという見本のような一冊である。書店でここまで読んで気になった人は、このまままっすぐレジにすすみましょう。

では、解説の本文いきます。

そこは東京・麻布十番にあるカラオケカフェだった。

某有名アイドルが若手男優とフライデーされたことで有名な高級店である。ワインリストにはヴィンテージのシャンパンがずらり。深夜十二時近く、二階奥の豪華な個室には、柚木麻子とこの小説にもスタイリッシュに登場する朝井リョウの歌声が鳴り響いていた。曲はご存知、名プロデューサーつんく♂が作詞・作曲したハロプロの名作の数々だ。柚木さんは朝井くんといっしょに、ときに完璧《かんぺき》な振りコピをしたり、あらかじめ作詞してきた替え歌のアンチョコを見ながら盛り上がっている。いや、この二人が揃《そろ》うと、それはすごいのだ。ハロプロファンに見せてあげたい。若手編集者のあいだでは有名だと思うけど。

ぼくがその場に招待されたのは、柚木さんの2015年山本周五郎賞受賞を祝うためだった。ホテルオークラにて開催されたパーティに体調不良で欠席していたのである。山本賞はこの本でなら、さしずめ「鮫島賞《さめじま》」あたりだろう。「直林賞に直結する〜権威あるエンタメ文学賞」で、「受賞したとなれば、ひとっ飛びに一流作家への仲間入りだ」とのこと。まあ文学賞の序列など、出版業界の人間でもなければ、まったく関心などもたないだろうが。

その山本賞で尊敬すべき東十条先生（ぼくはこの人好きである）のように選考委員を務めていたのが、なにを隠そうぼく＝石田衣良だった。柚木さんは2008年にオール讀物《よみもの》新人賞でデビュー。そのときの選考委員にも、たまたまぼくの名があった。受賞作「フォーゲットミー、ノットブルー」は、東十条先生の初作品と同じように「自らの少年時代とその終わりを描いた作品」で、抒情《じょじょう》的な澄んだ文体が印象的だった。有森光来のような美少女が書いたのではないかという印象をつい覚えてしまうような短篇《たんぺん》の佳作である。

だから、今年山本賞候補作として『ナイルパーチの女子会』を読んだときには驚愕《きょうがく》した。七年前の涼やかな美少女の面影はどこにもない。そこには現代の闇《やみ》を抱えながら力強く生きる女性ふたりと、登場人物を倍するエネルギーで物語を語り尽くそうとする獰猛《どうもう》な語り手がいたのである。語りの熱量と剛腕には選考委員のほぼ全員が圧倒されたものだ。『ナイルパーチの女子会』は、この本でいうならば鮫島賞を受けることになる女性同士の友情を描いた『魔女だと思えばいい』に対応するのだろう。

主人公の女性作家・有森樹李はさらに『柏《かしわ》の家』で、エンタメ最高峰の直林賞を獲得することになる。小説はしばしば無意識のうちに現実を先取りする。柚木さんが山本賞を獲った今、つぎに出る本で直木賞を獲っても別段ぼくに驚きはない。

そう考えると、作家のつくる虚構は表面的な装《よそお》いをはがしてしまえば、いつだって単なる真実に過ぎないのだと、つい口を滑らしたくなる。どれだけ調子に乗って、作家と出版界の暗部を皮肉に描いても、その底に鈍く光っているのは、小説を書くこと、表現すること、力をあわせて一冊の本をつくりだすことへの絶対の信頼なのだ。

　2ちゃんねるの文芸板のように政治的陰謀説で文学賞の選考など行われていないし、裏駆け引きなどすくなくとも伝統ある文学賞ではまず考えられない。それは数々の賞の選考に携わったぼく自身が証言できる。だいたい我がままで自分の読みに揺るぎない自負をもつ複数の作家の意見が、容易に誘導できるはずがないのだ。賞の主催社だろうが、版元だろうが関係ない。文学賞も選考会も生きものなのである。

　ヒロインのあまり若くもなく美人でもないほうの有森は、心の底から富と名声と賞を求めている。売れている作家は妬《ねた》ましくてしかたないのだ。そこで有森は毎回悪だくみを謀り、他の作家の足を引っ張ったり、気にいらない編集者に復讐《ふくしゅう》しようとする。しかしそのたびに、軽佻《けいちょう》浮薄で計算高く、見栄っ張りで自己愛しかもたぬように見える本の世界の俗物たちの真心に気づくという展開になっていく。なんでも食い散らす外来種ナイルパーチの目からも、透明な回心の涙が流れるのだ。いや、ほんと、心のなかに創作の神様をもっていなければ、小説なんてとても最後まで書き抜いていけないものだ。

　最終盤の台詞《せりふ》には、ぼくも深くうなずくところがあった。いわく、

「平成の作家に圧倒的に欠けているものはきっと執念とハッタリ。そして最も大切な、己の力で取り戻すイノセンス。これから先、何度でも彼女はそれを失い、そして手にするのだろう。」

気がつけばぼくも職業作家生活十八年目、そろそろ書くことの原点にあるイノセンスを再検討しなければならない時期がきているのかもしれない。小説を書くことは、暗闇のなかで見えない的にむかって泥の球を全力で投げるようなものだ。たとえ本が売れようが、賞をもらおうが、的に当たっているかどうかなど、自分ではまったくわからない。それは最初の本を出したときから、いまだに変わらない。

作家という仕事は、いつか書けなくなるその日がくるまで、暗闇のなかで全力投球を続けることなのだろう。この本を読んで、ひとりの書き手がそう思わされたという事実。それは『私にふさわしいホテル』という洒落《しゃれ》たタイトルのこの小説に、ものを創る人間の心のある深度まで届く力があったということなのかもしれない。

本好きなら、怖いもの見たさで読み始め、最後は小説への揺るぎない信仰を後光のように浴びてもらいたい。

と、ここで終わっておけば、気の利《き》いた解説になるのだろうけれど、最後に余計なひと言を加えておこう。そちらのほうが、内幕暴露ものの本作にふさわしいと思うのだ。

作中に登場する年下の学生作家・朝井リョウにヒロインはいう。

「朝井さんなんかに私の気持ちがわかるわけない。デビューの時からずっと売れっ子で……、若くて人気者でちやほやされて……、辛《つら》い目になんか一度も遭ったことないくせに」

これとまったく同じセリフを、高級カラオケ店でぼくは実際に耳にしている。それに対する朝井リョウの返事、この本にはこうある。

「俺の処女作のアマゾンレビュー読んだことあんのか⁉」

「学生っていうブランドを利用しているとか、若いと得だとか、簡単に言うな！　その分、叩かれやすいんだよ！　どれだけ傷つけられてるか少しは想像しろよ！」

うーん、ふたりの気もちはわからないでもない。でも、柚木さんはもう売れっ子なんだから、妬み嫉《そね》みは止めたほうがいいよ。もっと恵まれない作家は無数にいる。それと朝井くんもそろそろエゴサーチは止めようね。だって褒めてるコメントのほうがずっと多いじゃないか。実際ぼくと同じで、作家になってから苦労なんてぜんぜんしてないんだから。ふたりとも傷ついた振りばかりしてると後ろから刺されるよ。

まあ、創作の原点にあるイノセンスって、実はあまりカッコいいものでも、純粋なものでもなく、そういうどろどろのルサンチマンにあるのかもしれない。

というわけで、文句をいわずに、みんな、つぎの泥の球をつくろう。

（平成二十七年十月、作家）

参考文献
常盤新平『山の上ホテル物語』(白水社)

この作品は平成二十四年十月扶桑社より刊行された。

JASRAC 出1511183-501

私《わたし》にふさわしいホテル

新潮文庫 ゆ－14－1

平成二十七年十二月 一 日 発 行

著者 柚《ゆず》木《き》麻《あさ》子《こ》

発行者 佐藤隆信

発行所 株式会社新潮社

郵便番号 一六二―八七一一
東京都新宿区矢来町七一
電話 編集部(〇三)三二六六―五四四〇
読者係(〇三)三二六六―五一一一
http://www.shinchosha.co.jp

価格はカバーに表示してあります。

乱丁・落丁本は、ご面倒ですが小社読者係宛ご送付ください。送料小社負担にてお取替えいたします。

印刷・株式会社三秀舎 製本・株式会社大進堂

ISBN978-4-10-120241-9 C0193